国家出版基金项目
NATIONAL PUBLICATION FOUNDATION

这 里 是 新 疆 丛 书

出天山

堆雪 ◎ 著

新疆文化出版社

图书在版编目（CIP）数据

出天山 / 堆雪著 . — 乌鲁木齐：新疆文化出版社，
2024.6

（这里是新疆丛书）

ISBN 978-7-5694-4347-9

Ⅰ . ①出… Ⅱ . ①堆… Ⅲ . ①诗集—中国—当代
Ⅳ . ①I227

中国国家版本馆 CIP 数据核字（2024）第 027735 号

出 天 山
CHU TIAN SHAN

著 者 / 堆 雪

出 品 人　沈 岩　　　　　　　责任印制　刘伟煜

策　　划　王 族　　王 荣　　装帧设计　李瑞芳

责任编辑　纪旭艳　　　　　　　版式制作　田军辉

出版发行　新疆文化出版社有限责任公司

地　　址　乌鲁木齐市沙依巴克区克拉玛依西街1100号（邮编：830091）

印　　刷　永清县晔盛亚胶印有限公司

开　　本　787 mm × 1 092 mm　1/16

印　　张　10

字　　数　160千字

版　　次　2024年6月第1版

印　　次　2025年1月第2次印刷

书　　号　ISBN 978-7-5694-4347-9

定　　价　31.00元

序

唐代诗人李白在其五古诗《关山月》里吟唱道:"明月出天山,苍茫云海间。长风几万里,吹度玉门关。""出天山"的书名,便是取自李白诗句"明月出天山"。一个"出"字,体现出作者立足于"天山"这个基点向远瞭望的文学视野和抒写襟怀。

1992年入伍时从河西走廊的最东端出发,来到祖国版图的西北部——新疆,作者便与这片神奇的土地结下了不解之缘。无论是在戈壁沙漠行军,还是在天山南北采访;无论是参与地方经济建设,还是维护边疆安全稳定,近三十年的时间里,作者把一生中最美好的青春年华、热血汗水和诗篇歌吟,挥洒在了这片他所依恋和热爱的土地上,把一篇篇饱含深情的文字,留在了三山两盆、西北大地以及祖国的无限山河之间。这本散文集《出天山》,便是作者从天山出发,一路沉吟和放歌,是他倾注心血与热爱、奉献与思考、沉淀与抒情,用散文的独特篇章献给祖国和第二故乡——新疆的一份感恩与回馈，是一本文字唯美、视野辽阔的地理画、内心史、风物志。

全书共收录了多篇美文，按照篇目的内容和风格归为"雪""花""风""月"四辑。文章中既有西北大地所袒露给我们的辽阔豪迈和坚韧自信，又有新疆这片大地呈现给我们的壮丽神奇和滋养包容；既有新疆地理和人文带给我们的瑰丽思考和情感光晕，又有面对壮阔山水和日常生活时的平凡热爱和家国情怀。可以说，《出天山》这部散文集，既有人生行走中的壮美与豪迈，又有理想追寻中的炽热与执着；既有血液里流淌的自然的风雪之声，又有驻足回望时眼眸里闪烁的月华灯火。

目 录

第一辑

——

雪

九 片 雪

雪 落 无 声

雪其实在午夜就开始下了,可是许多人并不知道,他们还在温暖的梦里。

静静地落着,雪,像无风时从天空飘下来的花瓣,又像有风时从远方飘来的柳絮。不知道她们要给人什么暗示,还是捎来什么消息?

雪落在我居住的楼顶,落在我白天走过的街道,落在大桥旁枯树的枝丫上,落在停车场三三两两停止"喘气"的汽车上……雪落在它所能够到达的任何一个角落,一如悠扬的古琴声,再远也能抚摸到我们的神经末梢,让我们觉得,此时此刻,沉默最好。

落雪无声。在深夜，它并没有惊动这个错落有致的城市，也没有惊动比这个城市寂静百倍的乡村。雪从高处来到低处，没有打扰我们之中的任何人、任何事。雪的跫音，只使我们睡得更沉。

夜，在慢慢地变亮，世界多像正在恢复光明的眼睛。

灵魂找寻的一小片空白

我在黑夜里用灯光开辟出一小块领地，在一张白纸前开始发呆、等待，这个冬天最大的一场雪景。

我知道我是徒劳的，一个人的思想不可能大过一个季节。我的想法最多是一片雪花，或者是一缕爱着雪意的风尘。

今夜，城市的楼群鳞次栉比，霓虹映着霓虹，马路挽着马路，人群拥着人群，市声吵着市声……

没有比梦想一场大雪更有野心的事情了。今夜，我的心情需要另一场大雪来覆盖，就像我试图从一堆文字里走出来，两手空空。

冬天，我举重若轻

有一些时日了，我都在思考一些微不足道的事情。我想事简单，但我认为想多了也就复杂了。

复杂，是一个人最后要达到的高度。

一个冬天我都在盼望下雪。我并不清楚雪到底能给我带来什么，或者带走什么。有时候，我的愿望焦灼而激烈，我感到自己的心因为渴望得到什么而不顾一切地燃烧。

没有几个人能像我如此浪费光阴，为得到一些不明不白的东西而苦恼。

雪一场接一场地来了,我的心情也随之陷入一次又一次的激昂和奠落。其实,雪下与不下已无关紧要,问题是我们的心里还积着去年的雪、前年的雪,甚至年代更加久远的雪……

那是让我们真正感到温暖或寒冷的原因。

冬天,是一个举重若轻的季节。我想象自己幻化为一片雪花,要么落在人们正在做梦的屋顶,要么化在一个看雪人的手心。

窗外,一棵站了多年的树

窗外,一棵站了多年的树,还站在窗外。

在冬天的冷风里,它更显得寂寞孤独。

说实话,即便是在寒冷漫长的冬夜,这棵在不知不觉中默默陪伴我走过十年的树,从未引起过我的重视和关心。我只不过在工作或学习疲劳之后回到这个房间,泡好一杯茶,偶尔瞥上它一眼。这棵树对于我的作用不过是在我无意间翘望窗外时,在无声地提醒我:春夏秋冬。

而在今天,当我从现实生活的角逐中再一次退守于这间空洞的房间时,才真正觉察到,在我的生命里,一棵树距离我的心情比一个人更近。十年来,我们彼此对视,虽然默然无语。打开窗户,无意中交换阳光和风雨的气息。它也许为我曾经的处世不慎而叹息过,也许为我过去的为人刚直而默许过……只不过,我从未留心在意过。这很像一颗星星对一颗石头的照耀,几千年,不为人知,也不为所动。

它多么像一个朋友,好朋友。一个不需要表白就能从内心理解的老朋友。

当一棵树守你十年,而你在十年后才感觉到它的温暖,这不是每一个冬天都会遇到的事。

窗外,一棵站了多年的树,当我用看一个人的眼光面对你,我明白,这个冬天，倾诉就是倾听。

冬天，我们吹响骨头的洞箫

与雪无关，与风有关吗？孤独是与生俱来的。

孤独徘徊在我们的眼睛里，日子久了我们会失眠甚至失明。孤独流落在我们的血液里，时间长了我们会消瘦甚至像河一样干涸。

我们渴望孤独又害怕孤独，我们亲近孤独又远离孤独。我们始终充满矛盾的内心，始终装满孤独带来的不安和恐惧。

冬天，我们显得更加孤独和无助。我们用烤火的方式恢复日渐麻木的神经，我们用喝酒的方式煨烫着日趋冷漠的心灵，我们怀抱塑料花，歌唱我们昨日凋零的爱情。

我们的表情虚伪而丑陋，我们的心情复杂而沉闷。

我们在冬天的风里感受到了一块岩石、一棵树甚至一个人被裸露的寒冷。长满了芳草和钢筋水泥的城市，开满了霓虹广告、扎满了栏杆和画了密密麻麻标记的城市，正在迎来自己四季中最荒凉的冬日。

冬天的长夜，就让我们吹响骨头的洞箫，让我们脸上的悲怆更真实些。

围坐炉火

红红火火，冬天的日子在炉火边度过。

这一刻贫寒、温暖，充满真实感和长久的幻觉。我的祖辈和父辈都这么热爱和享受过生活。

炉火欢畅地怒吼，像是摇滚歌手火辣辣的嗓子。火苗舔舐着发红的炉盖，仿佛一个燃烧的舌头席卷着一个燃烧的胸腔。茶罐激情四溢，溢出的醇香朵朵炸响。

酒壶已经烫暖，像一位热心肠的妇人，劳作使她散发着五谷和身体的芳香。那时候，即使还没有举起豪情万丈的杯盏，灵魂已毕现春华秋实的光芒。

围坐炉火，回想城市以外的旧事。村庄，柴垛，炊烟，羊群和鸽哨飘过的山冈，落花和流水带走的时光。

想一想，酿日月为酒水，铸心血为干粮，不就是为了放声歌唱。

大雪，我心事重重

雪，面对你，我总是显得那么心事重重。

我总显得那么苍白，无话可说。

一个落魄的人，被留在一场大雪中，像一地的乱石，被大雪覆盖，被狂风吹醒。在北风里，紧握自己的心情，感受生命的软弱和坚强。

我为什么来到风里？在原野上徘徊，驻足，流连忘返。在这空旷的原野上，两手空空，只有悲怆的目光，怅望苍茫远方，怀念失败的过去。在大雪扑地的时候失声痛哭，但我始终无法抱怨迷恋风雪的命运。

渴望被大雪轻轻覆盖，深深埋葬，从此找不到路。渴望迷路，身体里残存的消息，一点点失散在弥漫的雪中。我不知道我为什么要这样对待和放弃自己。

渴望在一场更大的雪中飞翔，拥抱我所幻想的一切。像雪花一样怒放、焚烧。渴望在雪地里奔跑、喊叫、打滚、撒野，渴望在雪地里战斗、负伤，渴望在洁白的纸上流血，渴望雪将我尘土飞扬的欲望毁灭……

大雪，我的心事重重。在冬天，我情愿把自己的一生留在一场大雪里，留在一个人对于美或者生命的渴望中。

雪,抑或我们虚拟的爱情

两个人在洁白的雪地走过多好。

从一望无垠的雪地走过,就是一生。

雪地是过去,雪地也是未来,但雪地不是现在。雪地是梦。

我们铺大雪为纸,铺视野为纸,用心跳和呼吸写下天地,写下爱情的浪漫和生命的永恒。

其实,我们什么也没有写下。除了雪,除了瞬间的欢呼和一生的沉默。

两个人在洁白的雪地走过多好。

两个人,没有言语,没有感恩和怨恨。

我们知道,一场场大雪,就是我们写过的信。在一场大雪中分离,在另一场大雪中重逢。我们爱雪,就像深爱着我们从未开过花的爱情。

我们挥手为字,踏雪为诗。

整个冬季,雪是我们眼里最美的风景。

我们唱歌,喝酒。我们回家,迷路。雪使我们比诗歌更神圣。

我们知道,走过雪野,就是一生。

窗外是西北

窗外是西北。

此时的窗外只有西北。

常常的情景是:我孤独地坐在窗下,静静地想着我的大西北,遥望比西北更加辽阔的天际,深深地迷恋着那里干涸的雨季、碎心的花期,却又常常为她而痛苦。这是思维的局限,也是视野的悲哀。

生长在这片广袤的大地，但我却无法说出她的胸怀，当我学会用沉默来理解时光，和这个世界握手言和，感到自己有多么悲哀。这里有对无知的敬畏，也有对距离的恐惧。多少年来，我的灵魂一次次被她的风暴、尘埃和大雪所侵袭、覆盖，内心落满了令人震撼的寂静。

窗外，一朵一朵的雪花把这个夜晚一点点擦亮。此时，我才发觉，整个北方沉浸在失眠的琴声中。我才发觉，没有一行脚印的雪地是多么寂静，无人倾听的歌唱是多么寂静，我内心燃烧的欲望是多么寂静。

文字是孤独的。而诗歌却使这种孤独光芒万丈，一如今夜的雪地。这也是我能够不断地挖掘、刨光一粒粒文字的最后缘由。当我行走在西北，面对天高地远，沉默的情感就像戈壁上的羊群一样汹涌、悠然飘浮。

有人说，一粒沙子，可以包含整个世界；一滴泪水，是人类情感的概括。相反，当真理不再说明一切，沉默是不是诠释了更多。为此，我常常被一些莫名而细微的情感打动，为一粒闯入眼睑的灰尘，为一片化于手心的雪花，为一滴蜂蜜丢弃的思念，为一只蚂蚁搬迁的泪光……当我忙碌地穿梭于现实的楼群、物化的人流，却又被那血液里流淌的记忆一遍遍地温暖着。

"窗外是西北"，当我这样自言自语，雪花飞舞，谁感受到了这个世界的喧嚣和孤独？

大雪抱住了一座城市

雪，趁一场美梦而来

一场大雪，倾天而降。

影子般走散的人们，开始在这场大雪中聚拢，相拥，喜极而泣。

这是做梦都想不到的事情。当一场大雪在轰响的爆竹和飞溅的烟花中倾情而下，那些仰望长天和大地的人们，开始放慢流浪的脚步，放下一颗忐忑不安的心。

扭曲的道路白了，战栗的屋顶白了。老树的胳膊，因长久的承受而断裂。摇曳的篝火，因彻夜的慌乱而熄灭。丰收后的田野，也被大雪渐渐描绘成明快的窗棂。

狂舞的画布上，鸦雀无声。一切如获至宝的美梦，也因此藏得更深。

内心的悲怆，被温暖的幻觉暂时掩盖起来。深深的衣领下是隐忍的伤口，钻心的疼痛，压抑不了的心跳，还有掩饰不住的，独对往昔的低泣。

大雪飘飘，谁在倾城的爱恋中，终于说出了内心的隐秘：我能够承受心灵之轻、山河之重，却无力承受这突如其来的感动！我因这巨大的覆盖而眠，又因这无边的托举而生。

大雪，趁一场美梦而来，感天动地。

当我的背影在一场大雪中深陷困境，渴望渐老的青春在朦胧的街灯中陡然明丽，然后于雪花的剪辑中，渐渐隐去。

大雪抱住了一座城市

大雪抱住了一座城市，就像一个人，一下子抱住了她的爱人。

这个人，从身后猛地拦住他的腰，不让他转身。

这种突然到来的幸福感，之前他并没有一点儿思想准备。

大雪抱住了一座城市，这比月光的普照更有魄力。月光总是很客气地，远远地照耀你。她只照亮你内心的一角。让你不觉得冷，也感觉不到暖。

但是大雪就不同了。大雪从天而降，借着城市的灯光，飞流直下。

她的温暖，通过一片片轻盈的雪花，附着在你的肌肤，并且慢慢地弥漫你的全身。

大雪抱住了一座城市，抱住了这座城市拥挤的人流和喧嚣的屋顶，抱住了这座城市的攘攘秩序和骨感现实，抱住了这座城市脆弱而坚硬的质地。

大雪抱住了一扇深夜还亮着微光的窗棂，抱住了一辆因故障而抛锚在半道的轿车,抱住了一对在十字路口相拥的情侣,抱住了一个拓荒者融入这座城市的梦想。

大雪抱住了,一个就要摔倒在地的酒鬼。即便是喝得大醉,他仍然笑骂不止,痛快地宣泄着内心的不满。

大雪抱住了一棵即将被砍掉的枯树。这棵树并不知道,它所生活的这个城市,需要更快的速度达到目的。但它还傻傻地站在原地,等待来年花枝招展的春天。

大雪抱住了一座城市,抱住了这座城市的时间、地点、人物和主要事件。抱住了这个城市钢筋水泥般的躯体,以及一颗沾满烟火与尘埃的心。

大雪抱住了一座城市。她的拥抱实在,具体,激烈,疼痛,充满了悲壮的理想主义。

我知道,她还想抱住更多……

独坐一片时光的开阔地

像一支笔,突然在一张白纸上停顿下来,陷入沉思。

陷入辽阔无边的边城,一个叫水磨沟的小镇。

你,还未曾在这张纸上写下什么。但现在,这纸,只需要它自己的白。

像你身边那一片片被野草占领的土地,需要用撂荒说明一个季节的残酷。

一棵树,用最后的缤纷为艳丽的过去赎身。一朵云,擦拭浩瀚天空,印证生命的洁净与深度。一只鹰,在深渊里,用巨大的翅膀,开拓死生旷达的命运。

或者是清泉寺里,一尾木鱼敲出的洞穿灵魂的颤音。那声音,染红无数纷披袈裟的晨昏。

在吱吱呀呀的水磨声中,时间的溪流灌溉着四季。溅在心上的几滴潮湿,已经使青苔和香火丛生。

我是该与这个世界相向而坐,还是背道而驰。在这片时光的凹地,忍住内心的伤感与落寞。

我曾用世俗的酒肉麻醉自己,试图彻底放弃禁锢我生命的私欲。我在七坊街的丁字路口,等过一生都不可能等来的人。我还在半夜用想象敲打过另一户人家的门,那门锁得死死的。我还曾无端地走出家门,在冬夜空旷的大街上,漫无目的地狂奔。

如今,我已不在那里,来到河西,另一片时光的开阔地。这里,不再需要痛苦的思索和辛勤的耕耘,不再需要背负情感的债务,和多余的光阴。

我像一个没有荷锄的农夫,来到一片不承载希望的土地。独坐,惯看风起内心,云向天际。任生命布满石头,四野落满星辰。

独坐于一片时光的开阔地,我放下世俗的重,拿起灵魂的轻。

坚持到最后的树

你的胸前,开放过鲜花和雷霆。你的脸上,还留着霹雳和闪电的痕迹。

一场大雨,是再伤心不过的重逢。那滂沱过后的彩虹,同时映照你,内心的划痕。

流星,是比想象更浪漫的绝句。你坚信,在无垠的苍穹,没有比千年更短的轮回。

因为风,你等来了春的鹅黄、夏的碧绿、秋的火红。也因为风,你站在了千里冰封、万里雪飘的隆冬。

隆冬,你已和我一样,变得一无所剩:佝偻的躯干,突兀的枝丫,枯黄的手指,开始握不住浩荡的命运。

只有一场场大雪，裹挟着与生俱来的沙石、思念和红尘，不断抽打你，孤绝的精神。

"曾经拥有的，正在失去。一切等待的，也渐渐远离。"在漫天大雪中，一切你曾经热爱过的，如今只剩这鲜花和绿叶装饰过的天空，血脉和根系亲吻过的土地。

作为坚持到最后的树，现在，我不需要你彩绘的山水和风云。

我只欣赏你，大雪中，那还在战栗着的眼神。

午夜的洒水车

多少年后，我怀念这样的情景：一辆洒水车，呼啸着穿过我做梦的城市。

午夜的长街，一阵水声过后，万籁俱寂。

亲爱的人们还沉溺梦中。一辆洒水车，已经在午夜，承载着人们的全部孤独、悲悯和爱意，于空旷的街道，呼啸而过。

淋漓的喷洒过后，这条白昼里经常扬尘的长街，明亮得如同大雨跑过的河床。

一辆洒水车，满载人类的全部悲悯和关爱，奉献和力量，在万籁俱寂的长街行驶。谁能完成，如此伟大的心灵工程？

一辆洒水车，代替我简单而热切的愿望。让我在一个万众酣睡的夜晚，选择一条僻静的长街，用爱的泪水，喷洒纷飞红尘。

洒水车呼啸着驶过，带来这个城市的第一场春雨。使一条偶有尘埃的街巷，顿时安静下来。像一只干净的手，轻轻掀去破旧的台历，露出崭新的一页。

洒水车呼啸着驶过，这个夜晚的寂静，瞬间被关爱与温存滋润和覆盖。仿佛原野上的一阵清风,让此生的坎坷和遭遇,忽略不计。

洒水车呼啸着驶过,仿佛这个城市的一次CT或胃镜。一次,深夜里不为人知的急诊。

一番清洁和洗消之后,这个狂躁不安的城市,在月亮和星光的呵护下,重新恢复文明的秩序。

洒水车呼啸着驶过。很快,便消失在长街尽头。

我想象,我的灵魂,就是驾驭它的那个司机。而车上罐装的清澈,就是我一生的眼泪和积蓄。

当新的一天来临,这个城市的人们会看见:这是一条多么洁净的街道,清新如初的世界。

而我心爱的洒水车,此时已经回到这个城市的某个角落,静静地,看着这个世界:

烟尘再起。

灵魂的城池

因为诗,我拥有了深夜的脚印。

深夜,没人敢迈出这灵魂的城池,半步。

积雪深处,烈酒,就藏在街巷的尽头。我寻着灵感隐约的香气,叩响欲望沉重的铁门。

这慷慨的奔赴,这嘹亮的歌吟,这勇敢的献身。

大雪,我将委身光艳的青春,在你滚烫的胸膛,纵马掠走命运的丝绸。

我将投入这暴雪般轰响的烈焰,在你绝望的撕咬中,拱手交出残存的诗稿。

"我在你的眼神里,认出了灾难深重的自己。你在我的哭声中,看到了发自心底的笑意。"

号角呜咽，鼓声隐忍。大雪中，灵魂的城池，似有丝弦拨动，万马奔腾。

"一切世俗中不能兑现的，将在天与地的撞击中实现。一切红尘中无法看清的，将在光与影的对白中显影。"

大雪扑地的疼痛，恍若隔世的穿越。一串深陷积雪的脚印，印证着，诗与酒、情与火的使命。

大雪覆盖的城池，让我们开怀畅饮，翻过长河与落日的旧历。掩埋堆积如山的悲痛，撕碎捉襟见肘的羞愧。

我相信，弥漫雪中的眼神，总会点燃黎明的寂静。

一座深陷大雪的城池，一串深陷大雪的脚印，会让我们愈发清晰地，辨认出自己。

我向往劈柴放马的生活

我向往劈柴放马的生活，在南山。

我想回到过去，过上凭力气吃饭的日子。

山野很绿，塔松林立，起伏着许多峰峦和沟壑。还有梯田，生长着豌豆与小麦。

我所厌恶的城市，此时就在远处。在一片瓜秧的掩映下，看起来，小得可怜。

我已经远离了声色犬马，开始早出晚归。散淡的生活，完全听从太阳的引领。

我的马儿，三三两两，在半坡吃草。它们咬定青草不放松，一会儿在我面前溜达，一会儿躲过我的眼睛。风吹草低，使整个山野多出许多细节。

我每天的任务很简单，就是不让马儿闯进庄稼地。闲暇时，再去浇灌那片菊花开放的果园。

清新的山村有新鲜的空气,阳光纯正,不掺任何污染。白云朵朵,从山梁飘过。偶尔落下来几朵,蹭得人,心跳耳热。山雀鸣叫着飞走了,它们还会回来搭窝。风吹着野花和青草,顺着民谣的脊椎拔节。

如果碰上一场雨,南山会更美。那花艳得都响起了耳坠。那草鲜得都滴着奶水。栅栏拦不住自然的芳香,自在的情怀,已浸入骨髓。

中午或黄昏,我就在自家院里摆开架势,在一桩大木墩上卖力劈柴。斧头磨得锋利,圆木滚了一地。

在爱人的眼里,我是勤劳勇敢的诗人。

这一生,我就爱看着这个斤斤计较的女人,一次次,在她的唠叨中,升起炊烟,吹灭马灯。

粗茶淡饭煮好,儿女们不叫自到,就会围住炕桌享用。他们或围绕炕头嬉闹,或在父母膝下撒娇。他们在读一本叫作“自然”的书,从小就爱听稻草人赶鸟的故事。

有时候,我会在梦里自言自语:自给自足的生活,多好!

夜半我拥被坐起想到过去

总有一些风雨,穿越生命的耳膜和骨髓。

总有一些叮咛与背影,会在半路想起。

总有一些岁月的记忆,让我在夜半忽然坐起,拥着被子回味,久久无法入睡。

那些涉过万水千山、经历千辛万苦的风雨,此刻就来到我的窗前。它们再次用敲打窗棂的方式,唤醒我,并且让我确认:置身哪年、梦安何处?

那些沉睡于我们体内的苦涩记忆,会在某个有风或无月的雨夜,被悄然唤醒,让我再次相信:我们,已经从一个时代,走到另一个时代。流水与落英的印迹,已无从更改。

清冷的夜晚,只有孤高的月牙和散落的星斗是清醒的。只有清明如泪的露水和流光是清醒的。只有微风的絮语和天籁的呢喃是清醒的。只有未熄的孤灯下,还未写完、不肯合上的半卷诗书,是清醒的。

除此,一切都在沉沉的酣梦中。

在被清风穿透、雨滴打湿、月光照彻之前,我承认我忘记了过去。我活在现实喧嚣的泥沼里,因为要不断挣扎,已无力回想和延续,那些曾带给我温暖的力量。因为要不停地奔走,已无暇驻足和回望,那些曾带给我感动的脊梁。

我忘记了千里山野胸襟里的静,忘记了孩提时少女眼波中的动。我忘记了父母粗糙的手心里攥出的热,忘记了汗滴和雨水打在玉米叶上的冷。我忘记了善良的乡亲重复了一辈子的叮咛,忘记了古老的村庄生长了几千年的哲理。

当我身陷矗立云天的楼群,梦断灯红酒绿的街头。当我因为疲惫,独坐于深夜的街心公园,空无一人的长凳。当我无处停泊的灵魂,渐渐融化于车水马龙的市声。当我的身心,因为剧烈地颤抖,需要在手术台上轻轻放平。我为什么会被记忆深处的疼痛和温暖惊醒?

夜半我拥被坐起想到过去,想到你,曾用爱,布施过一个不谙世事的心灵。因为纯粹的善良、正直、温情与美,必然会在世俗的某个时刻、某个地方忆起。

并且久久,不愿忘记……

雪 白 之 诗

雪 白 之 诗

关于诗，千言万语，又似乎无话可说。仿佛酒窖或雪地，那么大，又空无一人。诗人在人山中，诗句在人海里。诗人在车水马龙里驻足，诗情于他心，藏得够深。

走了很久，渴望看到雪峰。就像拨开红尘，看见白。雪峰离我很远，但又能恰好看见。夏天时，雪峰站得更高。雪峰的高洁好比诗歌的光亮，闪烁着，诱惑我。仰望雪峰，就好像我在仰望我自己的守候，仰望近在咫尺的雕像。

人生似乎已经走出很远。和我一样的诗人们，怀里多少揣点诗意，歌也会哼几句。或用它来赶走寂寞，或用它来顶替玫瑰，或者用它引领风雪转场、牛羊活命。热气腾腾的现实，总有那么几句嘹亮，那么几句高亢。还有几句，端坐予云上。

更加寂寞的人，从戈壁的石头里走出来。弄出些许花草，再弄出些许星辰，弄出个风吹草低的穹庐。把自己埋进呼呼啦啦的帐篷。把歌声和呼吸埋进风。夜晚降临时，我们，也就是诗人们，还睁着眼睛。已不知，脸颊全无泪痕。更多黑暗，早已退回内心。

还是要出去走一走，抖抖身上的汗泥和灰尘。顺便捡一些牛粪和柴火回去。生火做饭，看越来越瘦的炊烟，在炉灶胸膛升起。看一片诗歌的村庄，正在落成。风的篱笆，已扎到溪流中。随便撒一把带汗的种子，心上，就能盛开一个，流泪的花季。

时光，已经近乎悲怆。就像有人几次出门，又回家中。庭院里长满蒿草，拔掉了，在屋里坐定。如果是春天，燕子麻雀们就可以搬回来住，听我细语，听檐水洞穿石阶和光阴。看那只野猫叫两声，翻过屋脊。看佝偻的人影，出出进进。

不过，很快又会远行，像一个流浪的打工者，背负很多，辗转反侧，陷进城市。闯荡人间，风一路，雨一路，湿滑一路。还会去远方，拥抱那个等待他的神。燃烧着，蹚过黄昏与黎明的地平线。送他的山河和老树，庄稼般朝后倒去。

雪 或 初 心

雪，在午夜时就开始下了吧！难怪，与往日不同，我昨夜的睡梦，温暖如春。

清晨出门，雪，已经有薄薄一层了，像纸。

像一张白纸的雪，仿佛在等待勤快的人们，用脚印或者蜡梅什么的，在它上面,写下什么。

这个城市的初雪,就这么来了,好像一个迟到的学生,腼腆,羞涩,站在门外,也不打一声"报告"。

其实,我和这个城市的人们,早在十月就开始等它了。我们裸露的心底,幻想的大雪早已纷纷扬扬。

我知道,有了第一场雪,就会有第二场、第三场。越积越厚的雪,像我们心底的沉默。

有了第一场雪,人们才有足够的理由换上厚衣服去上班;朋友们才会一群一群地去火锅店涮羊肉,喝高度酒;那些刚刚恋爱的小伙才敢狠狠地把姑娘的腰身搂紧,趁机巩固迟来的爱情;老人们,才会消停地喘一口气,不再出远门,背靠往事或墙根,去凑阳光和影子的热闹……

雪落着,像一个戴着老花镜的先生,仔细检查每一名学生的试卷。细微的雪粒,像上天的眼光,独到,匠心。

雪啊,是向干渴已久的大地表白迟来的歉意?还是向那些爱雪的比大地更低沉的心灵,敷上一层精神的慰藉?

细心地下着,雪,又像一个进城办事的民工,尽量要照顾到这个城市上上下下、角角落落的关系。

雪的谨慎和细微,叫我无话可说。

雪密密匝匝的针脚,缝合了大地最后一道裂痕。

但是,雪无论是落在了这个城市的实处还是虚处,都触及了我们灵魂的痒处,或者疼处。

雪花轻盈,却忽略了我们内心深处的虚空。

是的,作为诗人,我也该放开手脚,大胆地去做一些雪一样白的事情。

雪，自言自语

雪，或者天意？

当雪扑地，我这样自言自语。

当我素面朝天，沐浴在漫天大雪中，这样的疑问，算不算天真？

雪，也许是天空给大地的一次施舍，一次救助；雪，也许是上天发给人间的一件风衣，或者一床棉被。

大雪，也许只想给我们一页白纸，让我们在这张属于它的空白纸上，反思反思，写写感悟；大雪，也许只想给我们一块手帕，让我们把流在腮边的眼泪和汗水擦擦。

大雪，让遥远的道路消失，让茫茫的地平入梦。

大雪，让高高的屋顶失眠，让沉重的石头变轻。

一场接一场的大雪，把大好山河们都给统一成了千篇一律的睡梦。

雪落的声音，总使那些难以入眠的心灵，辗转反侧。

一场雪，使冻土下的蚯蚓，隐隐听到春的雷声。

一场雪，把众多麻雀和乌鸦的合唱，一网打尽。

其实，雪的另一个目的，在没有星月的夜里，让我们看清，雪地上蹒跚而去的背影！

雪也像一块橡皮擦，把我们这一生做错的几道算术题，擦拭得干干净净。

今夜，月光如雪，给了我们一个重新审视自己的机会。

不能捅破的窗纸

懂得飞白之美的人,肯定知道书法之美、心灵之美,以及无言之美。

雪,使我想到那些画满格子的稿纸,一扇木质的窗棂,干干净净,满含憧憬。

雪底下,是还未破土动工的好梦。雪那边,隔着还未出墙的红杏。

雪甚至像一位深锁着藏于深闺的新人。

面对雪,我宁愿一生坚守一个信仰。坚守从雪到雪、从白到白、从美到美、从死到死的哲学。

不说"破坏"两个字。雪重整山河,多么不易! 我们的内心和薄雪一样,都害怕暴力。

不要说"占有"这个词。你看雪多么的嫩,像初生的婴儿。我们的热情,只会带来一片哭声。

雪其实只在我们内心,就像漫山遍野开着花的秘密。

我们知道,一场雪,在人类的心里占据的重要位置。一场大雪的意义,远远高于我们看见的风景。

雪,抑或一层不能捅破的窗纸。当我们伸出手的时候,不料却打翻了一地月光的宁静。

薄得像纸的雪,多像一个绝世的美人。

谁在说:面对雪,只用目光足矣……

年 关 将 近

雪,还在落。种子在仓廪深处,事先翻了个身。

北风依然强劲，大山挺立成古代武士的架势。

石头的意志，还不肯服软。我们的表情，远离生铁。

河水有意掩饰内心的喧腾，拐了几个弯后，于低处，悄悄解开红尘的风衣，风衣上，最后几粒纽扣。

无人的时候，道路总是大大咧咧伸向远方，仿佛唯独它，有那通天的本事。

门框和窗棂，空出地方。等待柳枝的笔尖，把春风和心血蘸饱了，再把那春联和窗花，一笔一笔，描出来。

大雁走了有一段时日了，燕子还没有到来呢。

夜晚来临，苍穹更静。静得星星都能听到，自己的声音。

还是叽叽喳喳的麻雀和喜鹊好像没有嫁远的儿女，它们守着沉睡的田野，也守着，铺满月光的院落。

年关不远了，一辆手扶拖拉机，翻过几座大山，已经开始向风雪深处运送生火取暖的煤炭。

一切，都在等待。

等待雪落下来，一层一层地覆盖，已经梳理了无数遍的头发和心情。

等待太阳的追光灯，重新聚焦北方大地。

等待牛羊出圈，麦苗返青，蓝天和白云扑面而来。

等待树木萌动、抽芽，绿意深重，说出对风雨和泥土的情意。

等待姹紫嫣红的百花艺术团，再次来到民间献艺。

等待城市在胸中拔节，睡梦穿上赴约的灯火。

等待春天的脚步声，从地平线响起，手挽那黛青色的远山，一步步逼近。

大雪统一了北方

渴望已久的大雪终于来临。万物轰响,灯火辉煌。

大雪,从远山出发,跃上大路,越过人们做梦的屋顶,封锁了内心以外的所有消息。

大雪扑地,使一个人的思念,再度变得整齐划一,鸦雀无声。

大雪统一了北方。大雪,把一个人辉煌的梦境,变为凹凸不平的现实。

这,是我所盼望的大雪吗?这就是,我所盼望的——不顾一切的大雪。

不顾一切的想法和爱,飘满万水千山。

把青丝变成白首,把黑夜变成白昼,把泰山变成鸿毛,把眼泪变成石头。

把一个人对另一个人的全部思念,变成了不可更改的道路。把一个人对一种美的热望,变成了笼罩这个世界的身影。

一场轰轰烈烈的大雪啊,多像一封不敢拆开的情书。

它噼啪燃烧的壮烈,足以表明:这个冬天,我足不出户的心。

我看见那些山的骨头

冬天,许多事物举起双手,缴械投降。

树叶落尽,鸟巢搬空。

在巨大的寒冷面前,许多故事和人物,只留下笑柄。

道路很瘦,瘦得都可以当捆柴火的绳子了。抡起来,也可以当鞭子抽,清空头顶大片大片的云。

载着暖色记忆的马车远了。黄昏的深穹里,只剩下,两只依稀的轮子。那些"吱吱呀呀"的声音,仿佛一大片人影的沸腾。

冬天,一切从简。话也比往日少了许多。大片的沉默,开始像一场一场的风雪,从心底的旷野刮过。

是的,冬天了,花朵坚持不了多久。

我看见,那些貌似男人的山脉,在北风中,渐渐露出坚硬的骨骼。

夏 日 积 雪

夏天的时候,它们影影绰绰。在阳光或目光够不着的地方,闪烁其词。

这很像儿时,我们用竹竿没有捅破的鸟巢。

整个夏天,我们总能看到,有翻飞的影子进进出出,安家筑巢,并有雏鸟鸣叫,嗷嗷待哺。但,我们却始终无法将那些灵动的可爱逮到手。

秋风乍起的时候,那些曾经"扑棱、扑棱"的声息,迁徙而去。我们的眼睛,也随之空空。

就像夏天,那些沉寂在高处的陈雪,或者说我们心里某个角落的隐私,隐隐的,含糊不清。

我们无法触及它。只有在山脚下,等待那些融化了的声音,潺潺而下,又滚滚而去。

那,就是我们记忆中的积雪:化了,也不会流进你的内心。

它消逝的时候,只在我们的心底,留下一层浅浅的灰。

雪 的 祖 国

一场又一场的,雪。

雪地里,雪的祖国格外的白,格外辽阔。

其实,不过是一张又一张的纸,一程又一程的路程,一次又一次地呼吸与微明。

雪地里,埋着春风与松枝,马蹄与胡琴,骨骼与山林。

雪夜,有一扇窗户亮着。这,并不代表此时的原野,还没有睡着。

诗人和我睡得很香。那打开又合上的诗卷,在灯下睡得很香。我劳作一生的母亲,睡得很香。

睡得很香的,还有窸窸窣窣的村庄,大雪下冒着热气的铁轨和火车。

那穿越整整一个世纪的火车呀,一路的坎坷,不必细说。

落雪之夜,不过是,油灯再一次抵近补丁与针脚。哈出胆气,擦拭生锈的柴刀与发雾的明镜。不过是夜深了,有风,出门时记得披上大衣。

没有星宿的夜晚,只身经过墓地,最好咳嗽两声。

不过是,反复给那个失恋者写信,写一千里的长信,再用剩下的半截橡皮,把那些字迹或脚印擦拭干净……

雪,还在下。

一个人推门出去,看见雪的祖国。

北方，十万雪花合唱

一千里大野之外的情诗

一千里长空无云。一千里大雪无痕。一千里大野无声。

一千里之外，必有我的情人。一千里之外，必有风情万种。一千里之外，必有价值连城！

价值连城的好诗，大诗！最适合站在一千里之外的巅峰，被暴风雪般的嗓子，喧哗着朗诵。

喧哗着朗诵：北国风光，千里冰封。喧哗着朗诵：逝者如斯，红尘滚滚。

一千里之外的诗歌，如鹅毛飞雪，侵蚀着西风古道、落日长河。一千里之外的诗歌，如脱缰野马，践踏坦荡坎坷的心胸和视野。

一千里之外的诗歌，如苏武牧羊、昭君出塞、玄奘西行。一千里之外的诗歌，如草船借箭、赤壁之战、火烧连营。

一千里之外，是流水白描的思念，乱草速写的傲岸。一千里之外，是风雪梦呓的城池，石头独白的雄关。

一千里之外，是目光的省略，情感的历练，谱阳关三叠，望平沙落雁。一千里之外，是笔触的狂想，墨迹的张扬，习高山流水，听十面埋伏。

一千里风雪，一千里画卷和曙光，一千里丝绸铺就的河西走廊。一千里大野，一千里沉默和星斗，一千里风光无限的精神力量。

一千里之外，即便没有我的情人，也必有我的诗行。一千里之外，即便没有我的诗行，也必有我的思想。

雪 晴 之 夜

今夜，万籁俱寂。

今夜，只有一望无垠的雪地，以及雪地上白银闪烁的呼吸。

风吹幽暗的雪野，像追随你起伏不定的心胸。也仿佛在找寻，隐匿在大千世界的那两行脚印，和秘密。

那些曾经焚烧过我青春岁月的激情，现在已归于平静。归于，不可言说的悲悯心境。那些溪水般欢腾喧嚣的生活情景，也残花落叶般化作泥土和灰烬。抚琴弹铗，大风嘶鸣，一如关山飞渡的梦境，渐渐枯竭成凝噎欲绝的暗河。

千山无语，犹如一千匹白马止步不前。一千个骑手，停止了对理想情感的寻求和追问。在我的眼里，答案仅仅是，垂落于平野闪烁轰鸣的星辰。

大雪过后的长夜啊，多像一座兵不血刃的空城！大雪下面，埋葬着爱情的信物,理想的火炬。大雪下面,埋葬着,叛逃的诗句,厮守的屋宇。大雪下面,埋葬着世俗的眼光,以及灵魂的尸骨。

雪晴之夜,我从未如此珍爱过去的时光和渐老的情人,珍爱那些命运赐予我的宽厚和感恩。

雪晴之夜,当我用一生的黑暗照亮心灵一隅,令我难忘的,便是夜色中高高在上的雪峰,和不时低泣的,你。

生命的暖意

寒夜,点亮一盏孤灯,照亮你写的日记,我写的情诗。

寒夜,我情愿把最美好的祝福,贴满灯火通明的墙纸。我愿意,用饱吸夜色的钢笔,在灯下写出黎明般优秀的诗。我愿意大声朗读,展开你山重水复、柳暗花明的春意。

给我以生命的信任或暖意的雪夜啊!让苦难的铁蹄和雪峰走向天际,把青草和鲜花铺满我贫瘠的内心。春光般洗涤我的眼睛和心灵,倾听落花和流水协奏的人生。

给我以生命的信任或暖意的雪夜啊!在贫寒中还珍爱我诗句的女人,能读懂我旷野般辽远的心情,用温柔的目光慰藉我寂寞的灵魂。和我一道,在风雪中追赶岁月逝者如斯的往事,在月光下诉说世间如火如荼的情意。在世俗的猫眼里,弹泪笑破窗纸。

写下誓言,埋掉秘密。在歌声苍茫的原野,请忘掉虚妄魔鬼的嘲弄,拥抱纯洁多情的爱神。在阡陌交错的舞台,请盯住命运变幻的光影,握紧悲欢离合的真情。

给我以生命的信任或暖意的雪夜啊!给我以生命的信任或暖意的女人,用一声比雪还白的浅笑,平息了我红尘滚滚的一生。

扇动一对风和雪的翅膀

我说不出疼痛,说不出骨折留下的硬伤,我说不出沧桑,说不出铁血斑驳的断章;我说不出沉默,说不出弯曲尽头的力量;我说不出死亡,说不出背影正面的强光。

我说不出高尚,说不出白雪皑皑的庙堂;我说不出卑微,说不出落日镀铜的脊梁;我说不出世俗,说不出垂涎三尺的欲望;我说不出天穹,说不出泪落尘埃的绝响。

我说不出万里无云的天上,雁阵的血迹,迁徙的光芒;我说不出风吹草低的原野,琴瑟合奏,拔剑的风向;我说不出夜色深重,阑珊的村落,石头辉煌;我说不出风雪月夜,斗酒的星座,研墨铺张。

我说不出山河的壮阔奔放,我说不出精神的偏锋走向。我说不出的理想花开花落,现实在虚幻的雨水中泡汤;我说不出的思念杜鹃泣血,爱情在古老的传说中遗忘;我说不出哲学的沙漠瀚海,我说不出感情的潮汐激荡;我说不出的哀伤啊,像秋天的胶卷,一路跑光。

翻过一座座仰望,蹚过一洼洼泪光,北方!我说不出的星云正在涂改天象,面对光芒,扇动一对风和雪的翅膀。

十万雪花合唱的北方

今夜,我热泪盈眶。今夜,我是你的色盲。

今夜,十万雪花普降,雪白的女王向我投降。今夜,我独坐空城,羽扇纶巾,喝退十万大军。今夜,我风光无限,轻抚琴弦,邀来群星狂欢痛饮。

今夜,谁在幸福地战栗,谁在欢悦中呻吟?无垠的呼吸,跌宕的心胸。在乱石穿空、惊涛拍岸的瞬间,天地吹灭人间的灯盏。

十万雪花。十万碎银。十万风情！

是伴奏还是合唱？是幻灭还是擦亮？我隐约听见，你那乌云的徘徊、落日的等待。我分明感到，你那流水的喘息、石头的窒息。我依稀看见，岁寒深处，风骨绽放，数朵梅香。在大雪一遍遍地抚摸中，我以忧心如焚的眼神，目睹了天和地一次纯粹洁净的精神艳遇。我以喜极而泣的心情，见证了灵与肉一场纷披红尘的世俗婚礼。

北方啊，今夜，你是我心醉的美人。今夜，我是你心碎的哑巴。今夜你不说一句多余的话，只用双手为我比画。

今夜，我只有填大风为词，谱狂雪为曲，回味你千里冰封、万里雪飘的寓意。我只有挥记忆之笔，泼想象之墨，在万籁俱寂的纸上，写下一个诗人内心最白的空白。

村庄与村庄之间的蛛网

更多时候，寂静，是一个村庄与另一个村庄之间的联系，或者距离。

在北方，在村庄与村庄的空地，寂静把尘埃和人们的眼神，结成一张形而上的蛛网。呼吸，是村庄与村庄之间发出的唯一声响。

年轻人走了，他们身后扬起又落下的阳光和灰尘，是这个村庄最近的记忆。风吹在脸上，和吹拂一片树叶没什么两样。风雨只会使一个村子的穿着更旧、时日更长。偶尔，道路上闪过一个黑影，转眼间，又不知消失在何处。仿佛一个动词，动着动着，突然失踪。

麦子和玉米高过人头，什么时候已被北风割倒。我们很难看到，那些手握泥土和镰刀的人，在大地上直起腰身，怅望远方的剪影。似乎在黎明之前，他们就已神秘地消失。消失在，一个赶路人落满寂静的心上。

北方，一切，还是那么星星点点。那些村落，仿佛是上苍摆在人间的棋局,动或不动,都是生存。

在北方的村庄,我遭遇的寂静,比蛛网还稠,好像这个世界,压根就不需要多少人似的。在村庄与村庄之间,在一个梦与另一个梦之间,我听不到劳作时发出的急促的心跳和呼吸。只有蛛网一般的阡陌,勾起我南来北往的孤独。

稍不留神,那张网就会把你的心情,定格在往昔。

孤独的牧羊人

整个北方是你的,整个天空和大地也是你的。你只把那一抹无边的地平线,留给了那片你日夜追逐的洁白。

一群羊,真像一团浓得化不开的雾,一个情结,一个一生要做的美梦。你的肉体好像就是为它们而生,你的灵魂好像就是为它们而死。你以放牧的名义,放逐一览无余的感情。你以羊群的形式,放逐空旷寂静的心灵。

顺着风向,追逐春光和锦绣。漫无目的地在原野上漫游,就是自由。当你的羊群行云流水般飘逸,你就像一个孤独的歌者,驱赶铺天盖地的风雪,消逝在大地倾斜的黄昏。

天地无须张望,人生无须想象。举起骨气拔节的鞭子,你自喻一个叫苏武的男人。一个比你更落魄、更大气、更会放歌的人。你知道,除了天地,除了一望无际的地平线,一群越走越多、越飘越白的颜色,就是你梦中的一切。

面对北方,你怀念一群低着头吃草的生灵,感叹一个人浪迹天涯的命运。你知道,孤独,就是一个人,一生最大的抱负和愿景。

当风雪席卷红尘,生命的道路被积雪覆盖,你和你的羊群,都会消失在北风翻开或合上的书中。

我不能忍住往事

我不能忍住往事，就像我不能忍住带走我们歌声的落花和流水。我不能忍住，理想的彩虹和命运的断桥。我忍不住，虚伪铸就的面具，笑料酿造的泪水。

一条路，两个人，无数次踩过彼此南辕北辙的影子。

我不能忍住爱情，忍住拥抱风雪的欲望。我不能忍住现实，忍住挟持风向的逃奔。

我忍不住誓言，忍不住刻在石头表面的甲骨文的隐痛。我忍不住歌声，忍不住贴在弯穹里薄若蝉翼的背影。

我忍不住岁月的风声，忍不住那些打开让我看合上让我想的情缘。我忍不住隔世的伤感，那些从发炎的旧伤里掏出来的思念。我忍不住季节的皮鞭，那抽打在内心深处的一道道震撼。我忍不住灵魂的浩叹，那用汗水记下的一张张寸草不生的诗篇。

走过很多路。错过很多人。经历许多事。当我发现，如梦方醒的舞台只剩下自己时，寂静，就是我在无意中为你揭开的，这个世界的最后一层谜底。

亲人在远方的风中耕种春天。情人在冬天的夜里喝酒取暖。而在我人迹罕至的梦里，则反复回放着与你奇遇的瞬间。

遥望天上大雁，写下绿茵苍苍的诗签。一场雪或者一场雨，送走谁春花秋月的遗憾？

面对如烟的往事，回眸时，你能不能忍住热泪盈眶？如果有泪，是你的甜，还是我的酸！

雪花的六个方向

    在我的臆想中，雪花是我顶着北风奔走在冬天的路上，不小心撞了个满怀的少女。在凛冽的空气里，雪花真正打动我生硬的内心，不仅仅是因为在寻找美的过程中，我与北风恰恰构成了一个四十五度的夹角。

    这是一种不用浇水和施肥，自己带足了水分和热情，绽放在恶劣环境里的花。这是一种用不着涂脂抹粉、精心梳妆打扮之后才出来见人的花。

    "质本洁来还洁去，强于污淖陷渠沟"的诗句，是大雪在尘世最好的注释。

    不招惹蜜蜂喜欢，不诱骗彩蝶垂青。

    雪花，自开自落。

边开边落的花,纷飞的样子令人怜惜,又让人坦然。大雪辉煌的降临,使我们落满灰尘的心灵为之一新,为之一振。使我焦虑不安的心,得到一种神性的暗示与慰藉。

雪花的随意甚至漫无目的,缓解或释放了天空带给我们的压力。

在高处含苞,在低处绽放。

雪花寂寞,但不言语。一点一点地,最终占领了我们空空荡荡的心。仿佛一位智者,引领我们走进洁净的庭院、肃穆的礼堂。

北风之北,雪花,常使我们风尘仆仆地,陷入大地一望无垠的梦境。

一朵雪花,是小美。

十万雪花,是好运。

三两点雪花,是星子,偶尔点燃我们爱美的眼睛。

数百片雪花,像梅枝,能给予我们真与善的提示。

数之不尽的雪花呢,比方一场雪,足以使我们的灵魂得到最大的满足和宽慰。

一场雪就是一场没有恶意的梦,能够把我们带向一个没有敌意的大境界。

纸醉金迷的年代,红肥绿瘦流行。雪花却不红不绿、不肥不瘦。

一朵雪花,让我鄙视一杯酒的狼藉,一根烟的颓废。

当我们酒足饭饱,以一根香烟的速度追杀生命时,一朵雪花,也许会使你回心转意,偃旗息鼓。

雪花就像你细心的姐姐,在雪夜,把醉了的你扶回炉火旺盛的家里。

雪花不甜，质地里还略带着点苦涩。

在冬天，一片雪会比糖果更接近我们的内心。

当人们拖着忙碌一天的身躯，泡一杯清茶坐定。看见窗外飘雪，会不会因为突然感觉到自己真实的存在而怦然心动。

望雪花片片，你释怀地拾掇起自己平凡的心情，梳理日渐散乱的翅翼。

淡泊之意，远在雪花之外。

当心灵落雪，视野洁白，有谁期待一种高过屋宇的境界。

恋雪的心情，急切而羞涩。

"床前明月光，疑是地上霜"的惆怅，倒不如"孤舟蓑笠翁，独钓寒江雪"的超脱。

而我，更热爱诗人顾城这样亲切的句子：

雪天白头发，好雪好还家！

雪花零落。

落在村庄，也落在城市。落在长城的垛口，也落在黄河的浮冰上。落在无人问津的古道，也落在家乡面包一样发虚的柴垛上。

雪花扑打隆冬的窗棂，给我春的念想。

雪夜，一灯如豆。

我却因为一场铺天盖地的大雪，久久不能入睡。

从古到今，一场一场的雪，见证了诗人一段段踏雪寻梅的光阴。从冬到春，大雪唱响了我们走向天地的心声。

窗外，雪花，正在研磨一角夜色。

雪野千里,正在等待北风的狂草,月光的素描!

而我手握自己的骨头,能够在纸上写下什么?

我知道,雪花就是雪花,雪花只是她自己。

夜越黑,她就越白!

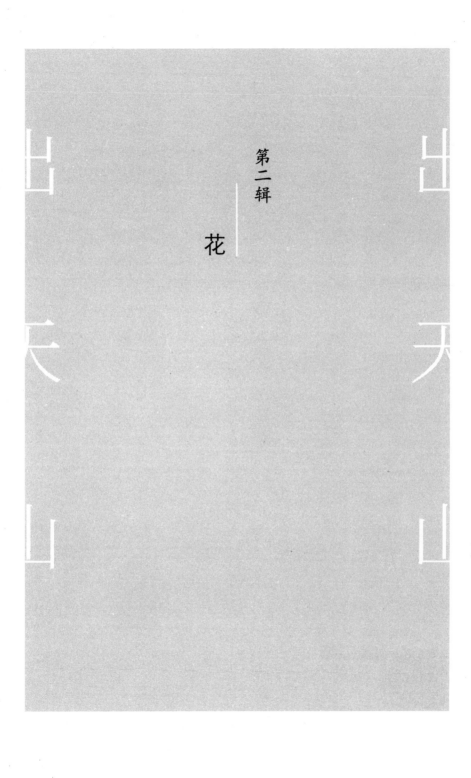

第二辑

——

花

纸上的牡丹

落笔之前,牡丹已经盛开。

它们先在你的眼里开一遍,然后在你的心里再开一遍。

牡丹姹紫嫣红,馥郁芬芳。最后开在你的纸上。

你梦见过它,那种不可接近的雍容与华贵。

在风里,在雪中,在月下,在水边。花影摇曳,似向你走近。

你闻到的香气,是一个少女最初的欢笑与泪水。

无数次想象过那座雨中的古都,牡丹盛开,游人如织。无数次想象过那些雕梁画栋的建筑,香火袅袅,钟鼓悠悠。

那里,绝世的牡丹,成为一个王朝万众瞩目的公主。

她笑,她哭。她歌,她吟。她作画,她抚琴。圆月里,她的背影,就是无数人临摹的好梦。

最终,你要找到一朵花。一朵,与自己内心相似的图案,并假借它的名义,画出心中的世界。

画出这个尘世的枝干和叶子,画出一朵花的容貌和气质。画出风,画出季节对于一朵花的意义。

你认识了牡丹,认识了那个热爱春天的老人。认识了一个人的性情与幻想,一个国度的风度与香气。

墨已经研好,水已在荡漾。在你的心里,纸还是空的。

时光嘀嗒,岁月静好。你在书房,等待一朵花的到来。等待花瓣叩门,花蕊入梦。等待一朵牡丹,攀上你高高的发髻。

这人间多好,在春天之神莅临之际,尘埃与花朵,都有芬芳的呼吸。

颜色,已沉淀为心情。久置,就会有先贤和古风的遗韵。

那些红,那些黄,那些白,那些蓝,那些粉,那些紫……那些命运里无法释怀的颜色,都会自然而然地,成为这个季节云镶浪嵌的图腾。

成为你,包容、开阔而自由的心。

在春天醒来。一枝牡丹的萌动与绽放,让你画出自己。

它代替万物与你相约,用阳光和风雨倾诉。在彼此的对视与守望中,渐渐丰盈、饱满。它与你交流、对饮,用最古老的礼节,刻画彼此。

循着墨迹和花枝招展的方向,你探索一个灵魂的潜质和底蕴。用一朵或者无数朵牡丹，说出气象万千的乾坤。

　　把一朵花留在纸上，把一颗心留在风里。

　　把那个爱着你的世界，留在一个牡丹盛开的园地。

　　把那个你爱的人，留在一朵花的萌动、含苞和绽放中，永不凋零。

　　这，似乎还不够亲，不够爱。这，似乎还不够春天。

　　在你的眼里，还有落雪的松枝，扶风的竹影，玲珑的水仙，柔曼的紫藤……还有喳喳的喜鹊，嘤嘤的蝶蜂。它们，与牡丹的灼灼其华，彼此映衬，遥相呼应。

　　生命互动的过程，正是灵魂相逢的意义。

　　追寻，以牡丹的名义。以水以墨，亦以心血。

　　一朵花因为纸笔，重新拥有了璀璨与芬芳。你却因为它，获得了生命奔赴的旨意。

　　一朵花，开出了一个春天的国度，而你就在往返春天的路上。

盐 湖 五 题

盐 的 湖

它把自己展开,再把自己揉碎。把月光弄咸,把影子弄淡。

晶体状的情感与荷叶状的风。让星星弯下腰,把黑暗扶起来。

它告诉我,生活是白色的。远处的雪峰和地平线,永远不会下沉。

它告诉我:人,可以长时间行走在水面上。翅膀,在血液的惯性中飞翔。

它同时令我生疑:一个人就是一只船。血肉之上,会升起看不见的桅杆。

这就是盐,和盐的湖。每个人睡梦里醒着的,另一片水域。

它淡泊于此,以想象的面积和现实的深度,滋养低处的芦苇和高处的天空。

它让我只嗅到血脉里的腥味,却永远找不到生活的伤口。

盐花镂空自己

我见过,一张白纸上开出的花。

它把近处的月光,远处的积雪,披成春天的婚纱。

只要想象和热爱在,就能尽情绽放。只要光和影的鬼斧不减,它就能把瑰丽的想法镂空。

它用风,把自己雕刻成高冷的雪莲、盛大的牡丹。在梦里,谙熟世间所有美的图案。

它可以成为一朵一朵的云,成为云端飞来的鸟。它还能成为一声一声的鸟鸣,把碧蓝的天空变成雨后深涧。

在水上,它是荷叶那样田田的浅浮雕,是化成云团和丝绸之路的如意。

寡淡的生活,加上点盐,就是风起云涌的花海了。

卸了妆的花朵,就像用泪水做誓言,此生不嫁的女儿。

一条盐铺的路

一路遗忘,一路闪烁。

一条,奢侈到用纯银和雪作为盘缠的旅程。

仿佛只有如此奢侈，才能够抵达真正的贫穷。

就像我爱着的富足也爱着的清苦，就像我爱着这条路上的，远和近。

从盐到盐，从生活到生活，从你到你，从我到我。

一条路，用开着白花和散发咸味的哲学，帮我找到最初的岁月。

我曾在祖母的臂弯、祖父的脊背，我曾在母亲的额头、父亲的两鬓，寻找你。

一滴乳汁，一粒汗泥，一点泪水，都是我一生渴望得到的，梦幻和真理。

就像珍惜粮食，我珍惜每一粒，闪着星辉的盐。

走在盐上，把世上那些风雨雷电、酸甜苦辣，变得简单。

盐也有根

都说，盐也有根。不然，怎么会一茬一茬地，用之不尽？

像一棵苗，一株树，向上伸展的同时，向下寻找更大的根。

像无缘无故的青苔，在无牵无挂的环境里找到自己，死去活来的绿意。

我相信盐是有根的。就像我相信汗是有根的、泪是有根的。

相信，每一处汗脉和泪腺上面，都生长着一个面积巨大的湖泊。

每一根毛细血管，都通向岩浆澎湃的生活。

因为有根，才会永生。才会有，层出不穷的向往和梦。

才会有那些，变幻莫测的枝丫，扑面而来的碎花。

无须猜测，亦无须求证。盐的根其实就在盐的表面，生活的底层。

只要有继续咸下去的力量和勇气，它就在心跳与呼吸所及之处。

一粒，饱含天光云影的盐，仿佛这个世界的子宫。

被一粒盐举起

浴汗,浴泪,浴火,浴血。都是为了干净。

都是为了把天放下,把地拿起。再放下,再拿起。

都是为了更轻,更空,更静。都是为了更真,更善,更美。

都是为了放下自己,否定自己;忘记自己,原谅自己。

天浴过了,更深。云浴过了,更沉。山浴过了,更远。那湖边白茫茫的芦苇也浴过了,便愈加白茫茫的一片。

现在,只有我,还没有在你的怀里哭泣过。只有我,还没有被你淹没过。

在你静谧的浪花里,下沉,是挣扎的肉体;飞升,是呼救的灵魂。

在无声的波光中,谁甘愿潜入水底,永不在岸。

如果不想长久地沉沦,就让一粒盐,把你轻轻举起。

达坂城，马车追赶的情歌

一堆没有用完的砖

在达坂城，我遇见一堆没有用完的砖块。

红色的砖块，像还未熄灭的火，与灰暗的历史隔着世俗的距离。

横七竖八的砖头，像未被整理的时间。虽然凌乱，但没有破碎，不曾损毁。

时间以各种形态呈现。时间从未死去，只不过有的留在原地，有的去了别处。

唐代时期修建的重镇，几乎被毁殆尽。战火和大风，是摧毁它的另一双手。时间摧毁时间，时间篡改时间，时间隐瞒时间,时间供述时间。

达坂城的砖,用红色修复灰色,用想象复原历史。只是不知,此时的时间,在谁手里?

我在想:那个拔地而起的城楼,有没有时间被不断假设或反复推定的图纸,从而更加接近历史的真实?

时间也需要被慰藉,就像干渴的石头,等待山间的溪流,让它们知道自己依然活着。假扮历史的时间,最该以接近真相的面具,回到它们原来的位置。

时间是很难理顺的,如麻如影。一根一根抽出来时,才能看清年代和质地。耐心地,搓成绳子,才能把代表着另一段时间的竹简和书页串缀、装订起来。让那些或重或轻的痕迹,更像历史。

砖头,是复原古城剩下的,代表威严和权力的城门矗立风中。但两侧的城墙还残破不全,等待延伸。堆积在旁的砖块还有用,不久,它们将以时间的名义,被泥浆和沙石固定在风中。

我到达,带来了自己的时间。

深夜,穿过灯火辉煌的城门,留下一声,比梦还轻的叹息。

马车追赶的情歌

在达坂城,与一位老人相遇。就像,一块石头与一弯星空相遇,一缕风与一座古堡相遇。

其实,我来到这里时,老人已离开多年。多年,我们之间,仅隔着一首歌的路程。

现在,冷清下来的镇子又重新热闹起来。他怀抱吉他忘情弹唱的样子,已经被塑成雕像,供游客瞻仰,留影。

生活里少了一个人，却多出一尊雕像。

它代替那个人在镇子上等你，总是那身打扮，总是那副笑容。风雨无阻，目光微扬，看着远处的雪山和天空。让你走出低矮卑微的屋檐时，不轻易放弃热望。

我活在他翻飞的手鼓和艾德莱丝绸的旋律中，活在一把在雨中奔跑成牛羊或马群的吉他里。

他弹奏时，我就想起那个被石头围困的小镇，镇子上大眼睛长辫子的姑娘康巴尔汗。想象中，装满嫁妆坐着妹妹的马车，从身旁飞奔而过，扬起的尘埃，让很多人落泪。

在达坂城，我始终没有遇见歌声里美丽的新娘，但我相信那位老人：

一把吉他，就是一驾马车。跑快些，就能追上一首好听的情歌。

达　坂　城

一首民歌之后，达坂城剩下更多的风。

这座因一首民歌而难忘的镇子，现在正被几百棵胡杨和上千亩石头围困。

除了其间，一片一片歌谱状的田野。它的东边是流水潺潺的后沟，西边是波光粼粼的盐湖。

听说后沟经常有男女沿河进去摸石头，盐湖边，偶尔有牧羊的情侣，朝西边的乌鲁木齐张望，失神。

达坂城的浪漫，主要弥漫在一年四季的风中。

达坂城里，脸蒙口罩的男人和头裹纱巾的女人，正在整修道路。逐渐拓宽的街面上，竖起了西部歌王的雕塑。与逐渐拥挤的广告牌一起，随时迎接慕名而来的好奇的人。

我来到达坂城时，正是余晖镀金的黄昏。几幢涂抹记忆色彩的二层楼，高出我的孤寂。

一条街上，我看见一架马车被一个巴郎吆喝着，踢踢踏踏走过。马车上，没有我想象中的妹妹，和嫁妆。

那马车吃力地碾过，吱吱呀呀地，好像是往城里头拉运石头和风。

白　水　涧

白水涧。碰到这三个字时，我的心就柔软了下来。就像石头突然遭遇流水。平日里硬气十足的石头，突然受到水的滋润。一硬一软两个东西碰撞，像两个人的情感，直接对冲，被瞬间激活。

我见过那个地方的石头，在阳光的烤炙下，似乎快要晒出脂肪的石头！伸手摸一摸，却被烫得赶紧抽回。但石头不会被晒化，它们有足够的自信和硬度。它们似乎又缺乏情感，甚至不近人情，被大风撕扯，被烈日曝晒。它们在夜色中相互撞击，会发出近乎金属的响声。那些声音，令人生畏。

白水涧，就是一个被坚硬的石头围困，又被一条山间溪流救出的镇子，救活此生的袅袅炊烟。

在白水涧，我的心就柔软了下来。作为男人，要把自己的心软下来多难。好比那些石头，千百年来不被征服，也不肯屈从，更不会哀求。烈日下，战火里，大风中，马蹄间……它们等待被摧残，被忽略，被抛弃，被遗忘。但，水流过来时，雪落下来时，心还是微微地荡漾了。

古堡，时间的证人

历史被时间推倒，而时间还站在那里。

时间成了历史，历史是战胜时间的王。时间是最后的历史，自封为王。

在达坂城古城残存的城墙上，我看见了作为历史的时间。一段极不完整、无法自圆其说的历史，依旧是历史的历史。

没有什么能够替代那些夯筑的沙土，立在那里。作为时间的替身，那些面目全非的时间妄自骄横，无须赘言，也不容申辩。

时间甚至不需要文字，时间有时会推翻文字。它们站在高处，就是历史。

现实可以被改变，但历史不行。

历史横亘于梦与现实之间，是时间王朝的不动产。

我在一个阳光刺目的午后登上这座古城，看见这座城池的残骸，一堆时间的废墟。城池荒凉亘古，像一座占地面积巨大的坟茔。

曾经巍峨的城楼去了哪里？守城的将军和士卒去了哪里？难道永恒的时间也会被埋，且死无葬身之地！

那时候阳光刺眼，像是锋利的兵器穿过内心。在巨大山峦下，在白水涧潺潺溪流中，这座城池成为人类搭建的又一座山峰。它与远处的雪峰对峙，保留了一段历史的威严。

它残破，但不失悲壮。它颤抖，但矗立霄汉。承载着人类数千年的时间基因和历史血迹。

风带走了狼烟和尘埃，但石头留下来了。时间的文字死了，但历史的标点符号留下来了。

我踟蹰在历史的标点之间，成为转述它，或有或无的一个符号。

一匹平面的狼

血肉和骨头不知去向。发绿的眼睛下落不明。

一匹没有五脏六腑的狼，被完全展开。被麻绳和木橛，固定在客栈门洞的墙壁上。

这是一个，以狼的最大面积拥抱虚无的姿势。我几乎看不见它，身下的沟壑和陷阱。

此时，它不再有人类恐惧的残忍与狡诈，警惕和速度。顺着皮毛展开的纹理，它甚至能帮你，度过一个个风雪交困的寒夜。

每一个来到客栈的人，都要在那里驻足。上下打量，仔细辨别真伪，最后确认：那是一匹狼。一匹，没有危险，平面的狼。

英雄不问出处。关于那匹狼，已无人追究它的死因。它只是古色古香的木客栈的一幅名画。一块吸引顾客的招牌。

还能看得出它是一匹狼。在生活与艺术的混合地带，刀子，可被置换成热血冷却的藏品。

走出客栈，星空依旧灿烂，我引颈长嗥：

每一匹死去的狼，都是天狼星；每一个活着的人，都是猎户座。

流星锤与禅舞

仿古搭建的擂台，鼓角如生根的石头和出袖的风。刀剑刺出的火花，成为忽明忽暗的星辰。气血，被蒙在鼓里。抽两根肋骨左锤右击，开始旋转的，不是星汉就是乾坤。

半明半暗，天色与气息相接。正好隐去不必看见的部分。如山的皱褶、树的阴影，隐去一个人或一群人的籍贯、身份、姓名和性别。古时校场，正好闪现一个人惊魂未定的流星锤，和一群人玄幻曼妙的禅舞。

流星锤出自一个男人的身体，就像一根毛细血管牵出他的肝胆或心脏。就像闪电，从体内牵出一个人的雷霆。他体内的速度和力量，瞬间成为划破苍穹的鹰，成为宇宙间急速下坠的星群。大地辽阔，静静等待，准备全力承受它的拥抱和撞击。而他神出鬼没的黑影，是另一个人。这个人躲闪着世俗的目光，又像在躲闪梦中的自己。

而禅舞则慢了许多。像故意拨慢的时间，有意推迟的宴席。慢下来的气脉和心跳，使一个火石电光、声泪俱下的舞台不复存在。她们莲一般打开自己，抽出芽叶，绽开花蕾，使一个迫不及待的季节不再饥渴难耐。她们尽情舒展，补救时间与方寸，使每一张纸上都有旋律和图案。至极，音乐已往而不返，不觉中长出重叠的花萼、纤细的枝蔓，与她们相互吸引、缠绕、相忘，又心心相印。

我在其中，又置身事外。火一样呼吸，草一样摇曳。

当尘埃落定，擂台的鼓声戛然而止。抬望眼，万物早已散去。

马鞍上的李将军

镇守要塞的将军变成石头。刻有生平事迹的基座上，将军胯下战马腾空徐行。

马鞍上的李将军，盔缨拂动，铠甲明亮，紧蹬马镫，左手兜缰绳，右手握兵器。表情沉着，目光向西，仿佛刚从敦煌打马而来。

时间，被等比例放大，成为黄昏的一个轮廓。

大周时代的明月，西州时期的风尘，都由这尊高大的石头说出。

我极尽想象之力，勾勒这座弹丸之镇、咽喉锁钥发生的事情。关于部落，关于争战。关于驿站，关于丝路。关于生活，关于风俗。关于情爱，关于死生。

一切，似乎都在一匹马的背上，一个人心里，一柄矛的尖上。

历史，不过是一座断码的城池。刀剑过后，会留下面积巨大的空白。

就像我们此刻,徘徊在金戈纵横的光影里,逐渐成为时间的细节里无法破解的谜。

暮色鎏金,目送一位将军远去。如火如荼的地平线,使我身体里的余烬,再次复活,噼啪作响。

红马和白马

已经进入夏的繁盛。进入达坂城芳草连天的黄昏。

此时,一匹红马和一匹白马进入视野。它们,出现在同一个地点,同一片草地。

实际上,在我到来之前,它们早已在那里。一日,或者一个世纪。兀自吃草,很长一段时间,不曾抬眼身外。

风在古堡嘶鸣,雪在山脊融化。一切,都停下来疗养,包扎。像草丛里,一颗露珠或亿万颗露珠,不断说服自己忘记。

草已经很绿,绿得细腻,绿得气喘吁吁,楚楚动人。慢慢撑开的马莲花,像是刚刚醒来的歌声。

溪水漫过芦苇,就像没有负重的掮客。浪花,哼唱到下游时,才记起吻一下佝偻的天空。

没看到有鸟飞过,但我已隐约嗅到它们的脆鸣。古堡突出的墙头,有一只黑鸟振翅欲飞,走近细看,才知是石头。那绝对是,一只鸟的过去。

茫茫芦苇滩,只有两匹马的世界。只有红与白,两种颜色的心境。

红的,像火焰收起翅膀。白的,像云朵掉在地上。

一朵云在怀里

云朵已经很低,几乎触手可及。天空的蓝,有着海的底色和梦的尺幅。

它们在远方集结,赶到这里时,却原封不动,一定是搭乘了肉眼看不见的马车。

不是风,却突然莅临,大有泰山压顶之势。我知道,那些纯粹的白色里,饱含人间的墨汁。

不是奔腾的马匹,也非律动的羊群,但我能感受到内心的平仄与躁动。阳光照射下来,打在草上,那是它们的呼吸和蹄印。

还会联想到一望无边的棉花地,有人采摘到白,有人采出了血。

也能联想到大海那不断翻滚的涛声,有人失声苍茫,有人蛰居贝壳。

甚至是白日里我不慎说出的痴话、梦话……那些词典里白花花的名词、动词和形容词,它们都能用铅字写下。

此时我躺在很深的草里,正在接受一片云影的轻抚。已经感受不到它的重量,周围的羊群,早随风远去。

如果有一朵云在怀里就好了。有一朵云在怀里,我就趁雪山还未苏醒,沉沉睡去……

帐篷里的星空

在达坂城,我可以有最小的梦。

一顶帐篷,一个睡袋。佛若返回子宫的胎儿。

镇子已经够小。小到碎石,小到溪水,小到落日的灯,在草地尽头,徐徐燃尽。

还可以更小。小到鸟飞走,露醒来。小到天上星星,响成项链和耳坠。

小到,这个世界只剩一顶帐篷,和满天星星。眼睛眨动,没有了风。

还可以更小。小到不用解释,桃花红润。小到皓齿咬紧嘴唇。

小小帐篷前,率先升起自己的旗帜和清晨。

小到亡羊补牢,前功尽弃。小到石头出汗,孵化出雄鹰和小鸡。

还可以更小。小到足不出户,忘乎所以。小到想你时,丢了纸张和文字。

后半夜,月亮升起来。我感觉,一座座小沙丘,埋掉了我的脚印。

柴 窝 堡

金色的风,拍打柴门。

有人无人的村落,偶尔传出几声犬吠和鸡鸣。

远处,天山高出世俗与孤独,照亮我内心的安静。

草屋散落。泥巴抹过的院墙和屋脊,还留有手指的印迹,低矮地蜿蜒出,柴窝堡的影子。

风,随着枯叶,在村落里飘转。偶尔,溜进长长的裙裾。

土炕上,没有声响。一壶烈酒旁,是坐了半晌的阳光。

柴窝堡的秋天,风吹拂谁的衣裳?缕缕丝巾,金属般作响。

秋风过处,那些来自牛羊唇齿间干裂的声音,还散发着烈火和乳汁的清香。

在骆驼刺遍地的柴窝堡,烟火深处的新娘还没有出现。达吾来提的歌声还没有出现。袅娜的炊烟和曼妙的腰身,还没有出现。沉寂千年的清溪,还没有出现。

只有那些硬气的胡杨,羞涩的红柳,沧桑的榆槐,聚拢风中,仿佛十二木卡姆不分昼夜地传唱。

那些穿越沙漠和戈壁的骆驼累了，此时，就卧在柴窝堡的余晖里，静静地反刍起，远处的雪峰和小路。

那些满脸尘埃的人，还要熬到生活的尽头。他们劳作的表情和身影，掩映在簇簇柴火中，耐心地等待，从冰山上流传下来的民谣。

那些到达坂城来看风车的人，停下轿车，在柴火深处吃一顿风味大盘鸡就走了。他们消失得很快，风一样干净。而他们打量柴窝堡时的迷茫眼神和汽车扬起的滚滚尘土，却使这个低洼的村落，比以往任何时候都更喑哑。

大风中，层层落叶，次第红遍。多少个风吹柴门的黄昏，多少个琴声呜咽的清晨，大火熊熊。

几只被人们忽略的鸟雀低飞着，在乱草丛中抓紧筑巢，准备过冬。几只被月亮追光的火狐不时回眸，选择更僻静的小路，搬运羽毛。

几个一尘不染的人，不时拨开大风，走出树丛，去寻找大风之外的梦境。

更大的风里，我走进柴窝堡，又空着内心和双手出来——

这是我一生所见的最丰盛的柴火，够我一辈子去支棚搭舍、生火做饭、生儿育女。

当火焰在大风中渐渐熄灭，我就用那温暖的灰烬，敷在伤口上。

好在，生活在堆积如柴的阳光里，被三十里风区的风那么一吹，我的心里，还会有一百亩的红。

风吹特克斯

八　卦　城

翻过油彩涂抹的乌孙山,刘炳森的墨迹还没晾干。

我是怀揣诗卷走向特克斯的,横卧路边的,那个醉汉。

天上的羊群比白云轻,地上的云朵比石头重。中间是涛声堆砌的九曲十八弯,蓝盈盈的天空,一望无边。

那么,特克斯,你勤劳勇敢的儿女呢? 他们是否始终隐匿于朗朗乾坤之间。

白云飘出多远都不觉得远,花朵开过千遍都不感到艳。风儿吹过我的梦,醒来,身边还有几万亩石头,鼻声正酣。

在美丽的特克斯,我采撷的鲜花都是吉卦,我走过的道路全是迷津。

我渴望迷途,被一串串脚印占卜。我渴望醉去,被一团团迷雾困住。

我渴望被每一颗石头的心事打动,我渴望被每一株青草的怀想感染。

我期待抽出灵魂的上上签,在爱情的路口,遇见天仙。

我期待找出世俗的下下签,在命运的街头,遭遇神算。

在美轮美奂的特克斯,我渴望在昼与夜剥离的瞬间,看清生与死的界限;在深居简出的八卦城,我渴望在醒与醉交融的黄昏,读懂黑与白的人生。

梦想,在身后的悬崖上,是慢慢吃草的羔羊。欲望,是躲得远远的,空山中不敢见风的苍狼。

当库克苏的乳汁奔腾而下,科桑草原的一缕炊烟,或者一声犬吠,都会打破这个边城的寂寞和妩媚。

作为一个过客,我以步履蹒跚的姿势,接近特克斯。神秘的特克斯,在我眼里,还很遥远。

但我知道,八卦城的心里,永远珍藏着,生命的谜底和日月的谜面。

想起一匹马在草原上

一匹马,在草原上。

羊群一朵一朵,在春风和草丛,陷得很深。

草原上,鸟鸣和滴水的琴声不断传来,但不足以把一匹马的梦惊醒。

草原的头顶,是瓦蓝的苍穹。苍穹下,还有一片片蓄意已久的乌云。一阵雨哭下来,只会使一匹马,抖抖浑身的寂静。

一匹陷入梦想的马,就这么在草原上,兀立。

偶尔回眸,看看远处的雪山,连绵不绝。

一匹马似乎并不在意:茫茫大草原和一匹马,究竟哪一个更安静?

寂静的草地。草叶上刚刚留下的蹄印,被风迅速拭去。

微风中,阳光正用一条长路,缝合天空的伤口。

跑过我的梦境后,一匹独自来到草原的马,到底在想些什么?

道路远去,山河在胸。

在被冰雪和阳光洗涤后,这匹马,只想在空地上,溜达溜达。

九曲十八弯

从千里之外赶来,我就是为了倾听,这支情歌。

库克苏,为了爱情,走了那么多弯路。穿山越谷,碰碎那么多脚趾。辗转反侧,流干那么多眼泪。

但你为什么,就是不肯直说?

——就说你,爱他!

你这雪山上惜墨如金的公主,你这草原上守身如玉的少女。

挥起羊鞭抽他,你不忍心。

搓根皮绳捆他,你不忍心。

同样是荡气回肠,你却用无言的情愫,给他看曲径通幽的情诗。

同样是轰轰烈烈,你只用炙热的眸子,给他听赴汤蹈火的心声。

但是,库克苏,几千年过去,在特克斯养了一千只羊、在八卦城包了一万亩地的他,听懂了吗?

既然泪水不能使他动容,你就干脆解开风情万种的衣衫,任热烈的胸膛,涌出滚滚乳汁。

去肥沃库克苏的千里沃野,去哺育特克斯的万顷草坡。用云蒸霞蔚的眼神,去滋润草原上珍珠般纯洁的生灵。

当特克斯的河水在黎明中哭醒，当那人在悠然间瞥见，后山那片妖娆的雪景。

风儿会告诉他，浮云的盖头下，那一阵掠过科桑的急雨，正是库克苏酥油的心。

打马走过科桑

我爱你，科桑。你这个头戴阳光的姑娘。

原野浩荡。我正拍马，踢踢踏踏走过科桑。

帐篷鼓胀，炊烟溢香。莫名的风儿，吹来茶香。

当冬不拉开始弹唱天光，我爱的雪莲花啊！正走出毡房。

我爱你，科桑。你这个别着蝴蝶夹的姑娘。

发辫悠长。我正拍马，咯咯噔噔走过科桑。

松涛澎湃，溪流绝唱。雄鹰的翅膀，驮来云香。

当马头琴再次淹没想象，我爱的雪莲花啊！向这边张望。

我爱你，科桑。你这个身穿着草原的姑娘。

露水叮当。我正拍马，得得锵锵走过科桑。

五朵马兰，正入梦乡。烈酒的巨浪，撞击胸膛。

当石头挣扎着从梦中醒来，我爱的雪莲花啊！已含苞待放。

我爱你，科桑。

当我打马经过，旧毡房旁的姑娘。

季节笑不露齿，怀中却跳出，春的惊慌。

神驰喀拉峻

一梦醒来,我的马呢,喀拉峻!

我的人还在八卦城,而我灵魂的那匹神骏,却已经驰骋在辽阔的喀拉峻。

绿波涌动,鲜花纵横,四季的幻影里,吹拂着风。

牛羊舒云,天马行空,多情的眸子里,烟波动人。

原野起伏,是喀拉峻的脊背;鲜花燃烧,是喀拉峻的心跳。

溪流跌宕,是喀拉峻的纽扣;雪峰耸峙,是喀拉峻的胸乳。

喀拉峻张开冰雪怀抱,融化奔腾的马蹄和青草。

喀拉峻铺开星光大道,迎接灵魂的盛装和舞蹈。

天空泰达,群峰奇伟。抒情的欢歌里,流淌着雪水。

云杉葳蕤,石头纯粹。狂放的视觉里,飘散着泥醉。

当我的灵魂,在得得马蹄中,融入无边的黎明。喀拉峻,请把我神往的额头吹醒。

如果此生不能为你的美丽殉情,喀拉峻,请允许我提上灵魂的马灯,为你芬芳的呼吸守更。

彩虹只是一瞬间的事

山坡上有羊

山坡上有羊。

雨后,山坡上的羊更白。一团一团,像刚刚称过重量的云朵。

羊一团团涌向山顶,云一朵朵落到草丛。当羊不能再高,当云不能再低,它们谁和谁混在了一起?

这时候,你朝那山坡上喊一嗓子,它们才会被动地,动一动。

山坡上有羊。有青草疯长,野花绽放。

羊的牙放过了花,但没放过草。羊的牙,咬疼了山的那件绿汗衫。

其实，羊也心疼绿茵茵的草。它看见它们含着泪，眼巴巴地望着它，就像它们自己，眼巴巴地望着最终带走它们的主人。

雨后，大片大片的羊群显得更肥，大朵大朵的云朵显得更重。羊和云似乎都甩着肥得流油的大尾巴，怎么也跑不动。

当它们翻过牧羊人的鞭梢，来到绿意更浓的山坡，沙沙的吃草声，给嘹亮的天空和我们静谧的内心带来一阵阵骚动。

山坡上有羊。有受过轻伤的青草和含着热泪的野花相送。

它们咩咩的叫声，很快消逝在晚霞如火的黄昏。

彩虹只是一瞬间的事

彩虹，只是一瞬间的事。

人世间最美丽的拱桥。设计完美，色彩绚丽，架在城市与村庄之间，等待我们走过。

这是走出内心的唯一捷径，它让我们确认，桥的那边，是神的闹市。

霹雳从乌云中划出闪电，仿佛天上撒下来一架闪光的梯子。但谁敢急切地抓住它，攀缘它，进入瑰丽迷幻的天庭？

彩虹不一样。它出现在震撼大地和人心的滚雷与豪雨后，出现在云开日出的山涧或地平，像一座彩色的拱门，让我们怀着各自的心事，走进去。

我们曾无数次想象，躬身从它的门里穿过，或者让那颗沾满尘埃的心，走上它霓虹的弯背。

我坚信，走上彩虹的人，不会掉下来。

但彩虹，只是一瞬间的事。对于我们漫长的一生，它实在是太短暂了。

当它出现在你我风雨交加的人生征途中,我们得把那种奇遇的狂喜,马上喊出来才行。

在一段土墙下躲过一场雨

在风的作用下,雨有时候是横着下的。

那时候,雨脚像无数冰冷的箭镞,齐刷刷地射向我。我仿佛成了赤壁之战中的草船,草船上的草人。

在雨中,我已顾不上豪迈,丢掉壮志凌云的样子。

雨的意图明显,就是要煮熟几个出门时不看天色的落汤鸡。

奔跑中,我渴望被一把伞收留,被一只手搭救,被一棵树庇护,被一角屋檐遮住。

但是,四周荒芜,一无是处。

奔跑中,一段矮土墙渐渐清晰。它的一侧已经湿透,一侧还是半干。

很显然,这是一个还没建起就已经废弃的羊圈。

闪身躲在矮土墙背风的一侧,蜷缩着身体,静听雨箭猛烈敲打着墙的那面。仿佛听到一个声音在吼:快开门,交出那个狼狈的胆小鬼!

风停了,雨歇了。乱云飞离我的头顶,仿佛耗尽了弹药的轰炸机。

我看着那段矮矮的土墙,打量它仅有的厚度和高度。因为横风,也因为它看起来似乎毫无价值的存在,让我悍然躲过一次自然的追捕。

蜻蜓,比它自己更轻

掠过花海,穿过草丛。

蜻蜓,在我的眼前一闪,就又不见了踪影。

这个比花瓣和落叶还轻的精灵，像一架翼展透明、动力强劲的滑翔机，飞来飞去，捉摸不定。

它吃什么，喝什么。它喜欢什么，厌恶什么。它在哪里落脚，又在哪里栖身。

一切，对它来说，似乎都不是问题。一切，对它来说，似乎都无足轻重，可以轻描淡写，甚至蜻蜓点水。

也许，它从来都不主动扛起生活的包袱，早就放下了情感的牵绊和累赘。

这是一种，似乎没有多少自重，但又绝对特立独行、天马行空的飞虫。

它的轻盈空灵之美、变幻莫测之乐，始终隐藏在那双半透明的翅翼中。

它从不留恋一花、不迷恋一木的洒脱，颠覆了我们的内心和视觉。

其实，蜻蜓比它自己更轻。

它的命运，远比我们看到的飞翔轻得多。仿佛它，永远处于一种失重的状态。

反观蜻蜓，我们每天面临的现实，却要比内心的感受，沉重许多。

一只蝴蝶把夏天扑灭

我把灯盏吹灭。风把灼灼的花朵和燃烧的树丛吹灭。

一只蝴蝶，却把整个夏天扑灭。把我弥漫着歌声的一场爱情之火扑灭。

蝴蝶是季节的，是爱情插在头上的发卡，别在胸前的胸针。

蝴蝶是爱情的使者，感情的信物。是一个值得托付的彩色口信或邮票。是身上和翅膀上烙满了火焰斑点和玫瑰花纹的纸鸢。

以风为坐骑,以花为驿站。蝴蝶翩翩飞舞,追逐着爱的气味,传递着情感不灭的火炬。

在花海,在山岚,在草坪,在树藤,在目光够不着的某个蓝色水域。

蝴蝶所到之处,莺歌燕舞,溅起片片花瓣,带来缕缕香气。

一只蝴蝶,忽闪忽闪地,像是爱情眨动的眼神,传递浩渺烟波,使整个夏天更灵动。

蝴蝶,绚丽的翅膀永远为爱情扇动。

既使万山红遍的秋末,它也把自己定格为一枚,对折着梦的枯叶。

整个下午,蚂蚁们都在搬家

空气,已凝固多时。

古老的村庄,被风打扫干净的山道上,无人走动。

风,躲在蜷曲的草叶下,哈着热气。太阳的光芒,只够照出自己的黑影。

在这个宁静得近乎窒息的时空里,只有一群黑色的蚂蚁在暗暗行动。

他们秩序井然,排着长队,从洞内向外依次搬动一粒粒尘土。

多么浩大的工程,多么震撼人心的集体劳动。

它们是要搬家,建造一个更大的结构复杂的地下宫殿,还是在它们的家门前构筑一道防洪堤坝?

这里不分尊卑,也不分长幼,体格和肤色几乎一模一样的蚂蚁,干着一件惊天动地的事情。

没有刀棍要挟,没有皮鞭驱使,本能的劳动,自然的搬运,构筑着昆虫版图上的长城!

整整一个下午,千万只蚂蚁都在搬运尘粒,同时也在搬运它们自己沾满尘土的汗珠。

当乌云发怒,山雨倾盆,它们用尘粒筑起的那道"万里长城",肯定能够挡得住咆哮而下的山洪。

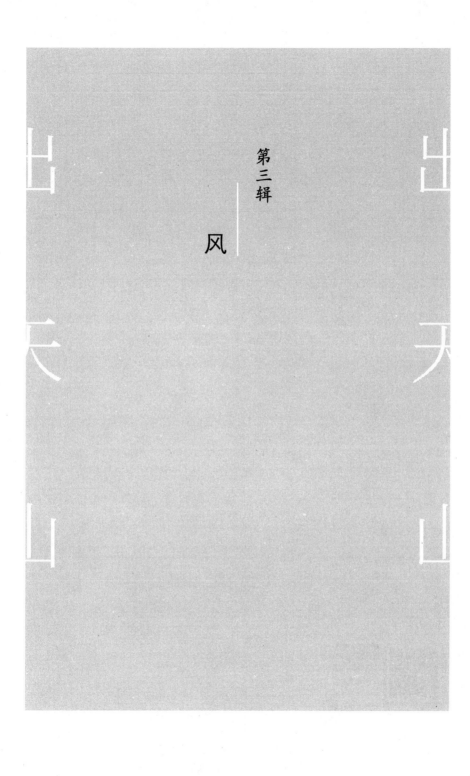

第三辑

风

河西，丝绸般柔软的时光

烟　　墩

往事散尽，只留下一段残垣，半截烟头。

河西走廊以西，一路驮着丝绸和梦幻的驼队，在这里歇息。在一堆石头上，悠然点燃黄昏。在长天之上，用火石和深深地呼吸，吐出缥缈灵魂的一笔。

怀揣碎银和梦想，星夜赶路的人们，更需要一袋烟或者一炷香的工夫。闲在一块石头上，云一样喘气，烟一般回忆。拼命地忘掉，那些沉重的包袱和理想。

回过神，顺便望一望，越走越远的家乡。

烟墩，荒凉大地的额头，突然闪过的一个念头。一个，比火柴的燃烧和流星的划痕还短暂的念头。一个，在旷远的命运里，突然想靠住自己肩膀的念头。

暮色渐深。那些找不到树林的乌鸦，歇脚在烟墩。仿佛，北风中渐渐熄灭的星辰。

无尽的大地，在路过破落的烟墩时，才算松了一口气。

酒　　泉

李白走了，只留下白纸和青灯。

只留下，风中一张一张的沙漠，和一沓一沓的戈壁。

浪漫豪放的诗人，带走了笔墨，只留下泉边醉酒的倒影，以及风霜中，明月千里的梦境。

李白之后，我来到酒泉。

我跪在泉边，想象当年，诗仙怎样伸出双手，掬起一泓灵感，痛饮西北，无意中吐出千古绝句。

李白之后，再无诗篇。飘香的泉边，遍地乱石般的醉汉。

我从三千里之外，来到酒泉。我胸有墨迹，但不敢落笔。

在酒泉，我只能闻一闻好酒。用夜光杯量量，我的才华和乡愁。

大醉一回，感受喝醉后被诗意耽搁的一生。

祁　连　山

不可接近的几笔雪，像我孤独中的绝望。

在祁连山，在祁连山连绵不绝的雪峰之间，我一生无法破解的寂寞，比几笔雪更远。

我只是一个爱诗的书生，一个眼高手低的行人。我喜欢在风中远远地望着祁连山，就像远远地望着，爱了一生却无法捕捉的飞天。她们，神一样的简洁和缥缈，令众生绝望。

几笔雪勾勒的祁连山啊，湛蓝的天空下静得出奇的祁连山。在远处，我只能看见寥寥几笔残雪速写的遥远。让我的泪水，使劲瓦蓝。

几笔雪勾勒的祁连山。在远处，我只能用泪水，不断放大你的容颜，遥望你的庄严。

我承认，当我绝望地接近你的雪线，我没有欲望，只剩下思念。

戈壁上高高的白杨是我的守望，沙漠里矮矮的石头是我的梦想。我不是风沙中等你路过的村庄，我是山坡上默不作声的牛羊。

我相信，这世上一定有一些雪峰，值得灵魂仰望。

风吹草低，能看见几笔雪，勾勒出的天堂。

南　干　渠

在肃州，一个叫东洞的地方。我远嫁的姐姐家，矮矮的土坯房后的戈壁上，静静的南干渠，日夜流淌。

风吹戈壁，石头们很少说话，只有重量。

南干渠也懂得沉默的哲学，一声不响。只有阳光洒向水面时，才弄出些许金黄。

在南干渠边生活了二十多年的姐姐，她并不知道，相拥而去的南干渠来自哪里，又流向何方？

南干渠夜夜流经姐姐的梦乡，但很难掀起波浪。

姐姐只是在想家的时候，去南干渠边，坐上片刻，揣摩揣摩水流的方向。

大片的玉米在沙砾中疯长，成群的牛羊在风雪中流浪。风停的时候,我看见,赋闲的鹰,正在祁连山的额头上滑翔。

姐姐,我无法对你说破:什么样的生活平静,什么样的日子荒凉?

在空旷的戈壁上,我只能指着沉默的南干渠,就地打个比方。问问自己:

这一生,有多少事情不急着去做,有多少事情不需要去想。就像这阳光下的南干渠,任由它,静静流淌。

瓜　　州

窗外,一串因遥远而黯淡的灯火,仿佛闪烁、幻灭的村落。

在飞驰的长途汽车上,疲惫的人们已经睡去。在梦里,他们一定提前抵达了某个地方。抵达,一个必须通过做梦才能抵达的远方。

瓜州,一个在中学课本里被我记住的地名,一个在线装的诗书里时常被风提到的词。当我乘坐现代化的交通工具,梦一般通过你的地界时,我感到,时间在放慢它艰难的步履。

风沙中寂静的县城,黑暗里喧嚣的州府。

当人们不断删除、修改一张地图,当那些古老的地名和故事被一次次翻新,装上美丽的广告和霓虹。我感受到了,阵阵来自岁月深处的凉意。

风沙中,人们不断用微笑刷新泪水;现代的文明,在涂改荒凉岁月的日志。但当人类回望他们风尘席卷的背影时,总有一些习惯眺望的眼睛,渴望着活在过去,活在暖意如昨的云烟里。

就像此刻,熟睡的人们,在梦中,重温了古瓜州繁华依旧的市井。

车过瓜州。我忽然想起,我也是这个古老地域的子民。我走在北风呼啸的过去,应该弯下笔直的腰身。

此刻,我突然想关掉城市里那些刺眼的路灯,借天边那一串暗淡的灯火,顺着古老瓜州的脸颊,摸到时间清晰的轮廓,以及往昔模糊的热泪。

河　西

黄河以西,风吹着风。

长城,时断时续,仿佛散落的铠甲,破碎的马蹄。那些露出白昼的岩石,疑似英雄被风吹折的山脊。

天知道,那阵阵透出心胸的寒意,肯定来自更加陈腐的历史。

庄稼远远地,过着自己的日子。生活的现实,与遥远的河西没有多大关系。

在河之西,我没能看到更多鲜活的事物。没能看到,北风批发的丝绸,以及比丝绸更柔软的眼神。

那些驮着青盐和黄金的马匹和驼队,只路过,我瞭望河西时的梦境。

一场洪水早已枯竭,只留下一双湿润的眼神。年复一年,期待着,在风雪相送的路口,可能再现的歌声。等待,被看不见的光阴,流沙一样覆盖。

更多时候,行走河西的人们,不停地,揉着装满狂风的眼睛,安静地注视着,大漠里蛰伏千年的蜃景。

河西,多少英雄背井离乡,投奔你,只指望活在一个神话里。无望地等待日落,暮色里温柔的奇迹。

飞天已去,只剩云彩。

如今,不再喧嚣的河上,空空走廊,回荡着人世间多余的时光。

风 过 疏 篱

菊

秋天逼近。霜在大地上，轻轻画出你的脚印。

风，有点沉不住气，开始在一个人的心底和眼里用劲。

天际，云的边缘，渗出缕缕血丝。

我等的那人，终究会来。纸窗上，已有暗影点亮油灯。

月亮很大很圆，悬在天上，弥漫着桂花的香气。庭院中着长衫的人，手握诗卷捻须沉吟。

镜子是用胭脂画出的铜，能照出斜阳芙蓉。玉簪银钗，穿过绾在发髻的风。

木门虚掩，挑夫归来，拂去肩上风尘，柴垛码起成捆的光阴。

一把折扇里,有虫鸣和袅袅炊烟。

菊花开了,已有些时日。尽是疏雨后的黄淡与白净。

它开着,等一个人和他的影子,走完距离。

梅

尽是白纸上溢出的香。枯墨的枝上,站着惊喜。

尽是雪,迷蒙失眠的眼睛。花的深巷,走出火的背影。

白蜡滚烫,指尖再蘸上热血。我在你曲折的身上,点到为止。

点到心上的,都是刀子。

梅,一瓣一瓣,这些风雪的血痂或紫色扣子。解开寒气逼人的节气,露出谁,更白的身子?

雪中剪纸的人。雪中提灯的人。雪中敲门的人。雪中送炭的人。

飘飘大雪中,那个等人的人,拨断丝弦无数根。

等,最终还是离魂。带血的手指辗转春秋,震落枝头几瓣唇印。

个别枝,来了先知喳喳。大多数枯了,避开疼的话题。

驿外桥断,庭前阶深,淙淙流水玉带缠身,也得听我尘埃中的叹息。

雪停了,风止了,夜静如空。多美的人,白的白;红的红。

见时钟嘀嗒走动,谁先听到内心的秘密,谁就先屏住呼吸。

竹

斜风细雨中奔跑,你看见我露在体外的骨头。

竹林摇曳,多少等待霜降的山川失眠。一种,硬生生地疼。

无月的夜晚，谁潜入我的梦。用惊心的刀斧劈开我的血肉，用爱与仇恨，掠走一曲烛照的歌声。

我只能一节一节地爱你，用不能省去或跨越的沉默。

每生出一节，都有包扎的爱慕和隐痛。为容纳你，把自己掏空。

一生，只能向上。一节一节，用骨头扎成高高的梯子，更远地望你。

用竹竿搭桥，用竹筒截成盛米的器皿，用竹叶缀成梦的裙裾，用竹片做成滴水的檐。

最后做成书，一遍遍念你。

竹，就那样，古色古香地爱你。

用牛车拉着我们的聊斋，一捆一捆地，走进黄昏。

舟

横在水上。

并不急于泅渡，并不急于靠岸。泅渡了，抵岸了，又去往何处？

自在，这世界就在。有月色荷风，怎么荡，都在江心。

月是天上的舟，向上弯着，是舟映在星河的倩影。更美，只是少了人影。

无人之夜，却有一叶扁舟，一柄桨，两岸啼不住的猿声。

外加一船的酒，一船的书，就会悠悠地，载不动。

猛地想起一首歌，是谁唱给天上的。有一个故事，是谁讲给人间的。

那歌声镶着星宿，那故事提着渔火。荡漾，明灭。

天上人间，因了心头一叶摆渡，反没了距离。

韦应物有诗：春潮带雨晚来急，野渡无人舟自横。

静。那夜，舟只顾自己的倒影。

月光下，水能做证，山亦能做证。

风

风,悄悄掠过屋脊。

山坡上,一片泛青的树林里,风抱住了谁。

春天,鬼使神差的风来了。把柳条梳一遍,把湖面擦一遍。

天上一朵一朵的白云,显得更闲。

风跑不动了,就站在原地,用剩下的力气大口喘气。

我听到了风的喘息,看到山峦连绵起伏。

风停下来,呼哧呼哧喘气,心上的草就绿了,身后的花就红了。

一位少女的长发,因它不得不绾起高高的发髻。村姑在河边洗手,因了它,赶紧把吹开的纽扣系紧。一叶风筝,挣脱了线绳,向着地平俯冲。

风歇歇脚,还想继续跑。现在,很多河流马匹一样,都放开了缰绳。

原野无际。风,怎么着,也得赶上那小溪。

桃花,不再犹豫了,红就红呗。杏花,不再害羞了,粉就粉呗。

爱,姹紫嫣红、敲锣打鼓的,是迟早的事。风挥汗抬过的花轿里,坐着他最喜欢的人。

篱笆,还是要扎紧些。生怕一些嫩枝,一不小心,探出半个身子。

春天来了,风加紧了步子,继续跑。很多赶路的人,它都想上去抱抱。

那个哼着民谣耕地去的老乡,赶早了就会碰上。

戈壁上，那些搬不走的石头

内心的季节河

我要去找你！

这是我多年前发过的誓言。

我曾试图在黑夜，舔舐银河岸边的星宿。我曾试图用一堆牛粪，点亮大漠深处，你凭栏眺望的蜃楼。

我也曾，在阳光明媚的早晨，沿着石头开花的背影，寻找你山高水长的命运。

但是，我最终还是哭泣着，向你奔来。

我化雪为水、聚沙为泪，一路泥泞，不顾一切地向你奔来。

我的心，从此开始在世俗的峰峦和流言的深谷间冲撞、找寻。

我的爱，从此开始在大漠的干旱和戈壁的荒蛮中喧腾、突奔。

在找你的一路上，我的每一颗热泪都撞击过巨石，我的每一滴热血都叩问过断壁。

我越流越瘦，越跑越累。

我的泪，最终干涸成一缕，风都能吹破的丝巾。

我的魂，最终搁浅为几截，沙都能拆散的骨头。

就在我伸出双手捧起楼兰传说的瞬间，塔克拉玛干，是谁把我拥抱苦难与美的念头掐断？

沙漠深处的时光之针

不知不觉中，你成了这个世界的中心，时间表盘里的那枚秒针。

在无边的塔克拉玛干，此时，一个人的响动，就是时空。

一个人走动，我会感到世界的生机。那个人停下来，道路和时光，旋即消逝。

一个人在沙漠里茫然、徘徊，甚至失踪，我就会立刻感到急切的呼吸，渐渐窒息。

在无边的塔克拉玛干，时空的界限是如此模糊，生死的扭矩是如此短暂！

这很像一个人与他如影随形的命运，从日薄里走出，转瞬消逝在暮色的尽头。

在沙漠里行走，一个人，就是一枚时间的指针。

当生命的发条不断上紧，又逐渐松弛。当彭加木走过的足印，被风拭去。

一滴泪,能够把昏厥的方向唤醒。

沙 漠 落 雪

一群羊,或者几片落雪。

塔克拉玛干正在变白。

三个一群,五个一伙,飘拂的、颤动的,还有不安和寂寞。

你说:我四大皆空,你想拿什么就拿去吧!

我说:我拥有了太多,独缺这纯粹的寂寞——

起伏的胸脯上,落一点点雪。

天太高了,心情就会变得很低。

路太远了,笑容就会显得很近。

当荒无人烟的塔克拉玛干因一场雪变得更美,我是否也该像一只羊,抖落身上的寂静?

戈壁上,那些搬不走的石头

干旱的年份,心底总留一片水迹。

戈壁上,那些石头,横七竖八在那里,如同我沉重的心情。而你,永远无法把它们从记忆深处搬空。

你目击了太多的石头,其中一些打动你。你曾试图用目光撬动它们,但没有成功。

你发现:许多石头的身下,都有一片泪腺般的湿地。

当大风吹过,那些心事重重的兄弟,滚向别处。它们坚持过、生活过的地方,都留下了浅浅的云影。

其实,每个人的心里,都有一些石头般坚硬的东西,久久伫立,踌躇满志,无法搬走,宛若一生的心事或梦境。

当有一天你路过它们,或者,是它们拦住了你的去路,你应当像我一样俯下身去,仔细看看:那温暖的身下,还压着什么?

远山:孤独不可言说

作为一个永久性地标,我不能轻易望她。

或者说,我不能长久地瞭望一个地方。

那个喷薄过激情日出、湮没了辉煌落日的地方,就是远山。

现在,她更关注我,寥若星辰的内心。

我穿过闹市,挣脱了人间烟尘的纷扰。我渴望,走过那些热闹的街道,好心的人群能把我忘掉。

道路黯淡,村庄难眠。

现在,我更需要沉默的雨水,给疲倦的内心更多抚慰。

但是,远山还在。

远山,用它黑色的轮廓,勾勒我,独坐的晚照。

当红尘飘落,心绪淡定,它似乎不断提示我:灵魂里,那些欲望耸峙的建筑群,更需要长夜的怜悯。

怀抱沙漠入梦

想淡出红尘,请拥抱沙漠。想处身虚静,请安葬戈壁。

这里是飞沙的国度，这里是走石的城堡。这里有海市，白昼的喧闹；这里有蜃楼，黑夜的苦恼。

这里是远古劳动的荒蛮之地，这里是旷世栖居的干燥之地。这里有英雄拔剑的壮烈，这里有美人守岁的贞操。

这里是天真烂漫的摇篮，这里是惊世骇俗的墓园。这里是卧薪尝胆的砚台，这里是灵魂舞蹈的祭坛。

这里是欲望覆灭的屋宇，这里是情感激荡的废墟。这里有特立独行的足迹，这里有天地合颂的传奇。

这里，你能够找到，无数往昔如风的影子。这里，你听不到内心，一丝丝失意悲悯的回声。

这里是往事疯长的荒地，这里是在水一方的遗址。这里是晾晒眼泪的干河床，这里是埋葬风骨的乱坟场。

这里有伟大胸怀处心积虑的虚空，这里有浩荡视野如释重负的满足。这里有一览无余的万念俱灰，这里有开天辟地的浴火重生。

塔克拉玛干，沙漠里舞动的绝色女神。塔克拉玛干，戈壁上吹拂的风情万种。

当我放下诗篇，拥抱你缠绵如火的灵魂。死亡，比远在天际的挣扎和呻吟更销魂。

伏在你辽阔壮美、丰满迷人的心胸，我宁肯，听着若有若无的心跳睡去。

塔克拉玛干

潮退之后，是一泻千里的干旱。

焚烧，从一滴热泪的坠落开始。

塔克拉玛干，我曾用热血和青春拥抱过你。千里漠野，随处可见我，那被石头和大风搁浅的诗页。

我曾幻想，用汹涌的海水淹没你，夜色中怀抱你湛蓝的梦。我曾期待喷薄过后，东方的黎明，渗出一条殷红的奇迹。

但是，一场狂风之后，一场暴雨之后，一场大火之后，一场寂雪之后，一切，已不复存在。

我们的爱，更像一个灵魂对于另一个灵魂的吞噬；我们的情，更像一片歌声对于另一片歌声的遗弃。

每一片红尘的簇拥，每一朵花朵的绽放，都找不到，生与死的证据。

千年之后，或许有人会说：他们也曾爱过，像大海深处的琥珀。

大风奔赴的北方

大步流星的云，在身后撒下远山和狂风！

一条比命运更长的路，风雨的挺进，更像一支即将集结的部队。

北方，谁以手加额，胸膛前倾，青筋暴起，再次把肝胆人生，扎进更大的风中？

谁目中无人，以点带面，一路裸奔。追赶，被白草和黄沙速写的天空？

那些被砂砾磨砺的道路，那些被热血浸染的城堡。

那些，奔跑中只剩骨头和遗迹的幻影。

谁，两肋插刀、赴汤蹈火，再度令光阴变得窒息。

大风中，刀光剑影，星月低垂。连绵的沙丘，如动荡的呼吸。

谁，骑马追赶日月流星？怀揣的心事，比鸡毛的信件和令箭的锋芒更急！

这是流火七月的戈壁，一场前无古人、后无来者的大风，如同歌声，让灵魂的马蹄响彻天空。

在这条红尘四溅的路上,谁前行的步伐,摩肩接踵?

一朵云就是一首歌

很大很大的背景里,你的暗影是一朵云。

是一堆我说过的梦话,一堆女娲补天的青石。

一朵云,是我们哼唱过、仰望过的,一支情歌。

在天空,在地平,与大地上的羊群朵朵呼应,风吹草低。

一朵云,写满了潮湿的汉字,越来越重,越飞越低。

一朵云,被我揉在一团纸里,再把它展开。看后,忐忑地丢进邮筒或雨季,寄出去。

一朵云上,写着我们奔跑的爱情史。让我们脸热、心跳,让我们追逐、嬉戏,转身追赶天边的风。

一朵云,让我们迎着风,像候鸟或风筝,热切地张开翅膀,扇动长空。

一朵云,让天空深蓝,让大地泛潮,让桃花红润,让寂静的光阴缓缓流动。

一朵云里,收藏着初春的睡意、盛夏的汗泥、深秋的火焰,以及隆冬的风声。

一朵云,需要长久凝视,是我的爱人。

望着它,我们会禁不住,浅唱低吟。

戈壁上,那些令人心碎的石头和小花

戈壁上,那些令人心碎的石头和小花,代替了我身处遥远的寂寞和孤独。

十几年，我一直在戈壁上，没有出路，也身无分文。十几年，我一直把戈壁上那些荒凉的石头当作兄弟，把沙漠里那些凄楚的小花视为爱人。

我知道，我的命运比一颗石头更简单。我的爱情，比一朵碎花更艰难。

十几年，我始终与那些荒凉的石头说话，与那些令人心碎的小花私语。我寥落且壮阔的心情如同黛青色的远山，我的呼吸始终在野花和碎石的围困中。

我盼望过戈壁上，路过一阵风，把那些酣睡的石头吹醒。我渴望过沙漠里，飘来一阵雨，把我心爱的小花滋润。我也期待过地平线上的一场红尘，把我悲苦的理想与隔世的爱情掩埋。在我走出人生的荒凉之前，暂时忘却难言的背影。

戈壁上，那些令人心碎的石头和小花，代替了我身处遥远的寂寞和孤独。

在异乡，石头们蒙头沉睡，无视昼夜的交替轮回。小花们尽情怒放，展示生死爱恋的状态。

寒来暑往，坐观尘世。一朵云或者一张纸的问候，都令人心碎。

戈壁上，那些令人心碎的石头和小花，是我身处孤独和寂寞的念想。

在人迹罕至的旷野上，它们沉默、内敛，自己生长，坚韧而顽强。

大风中高唱铁血

嘉　峪　关

雄关独立，君临大风。

只有风，才能扬起马鬃；只有风，才能掀起征程。

只有，在这猎猎大风中，才能唱出，万马奔腾的气势和能征善战的英雄。

随手拔一根狼烟为羽，搭一支北风为箭，张弓搭箭，拉开心胸，把什么射中？

这个西北的要塞，至今，还澎湃着兵勇的气血，鼓舞着帝王的雄风。

雄关矗立，风起云涌。无数英雄，在一张铁弓和一幅金盾上,在无数铁弓和无数金盾上,实现了生命里血与火的抵抗和迎击。

今天,我来到嘉峪关的城楼之上,期待一段铿锵岁月的浮现。

期待,远处渐渐逼近的一片喊杀声;期待,飞沙走石中,如林的铁阵,以及渐渐显露的头盔;期待,激荡于雄关的铁血气概,如何把沙尘暴般的侵袭,一一击退。

雄关独立,高唱大风。我仿佛听见,那散落尘寰的箭镞、滚鞍落马的身躯;我仿佛看见,那遍地殷红的日落以及丢盔弃甲的历史。

嘉峪关,在大风中高唱铁血。站在城头,我忽然发觉,自己也是一名战士,一位英雄。

古　烽　燧

远远地,一柱烽烟拔地而起。

在河西走廊,在一座一座的烽火之间。谁的思念,十万火急,快马加鞭?

迅速蔓延的战事,多像着了火的消息。

戈壁上,那些荷锄黄沙的女人,停下手中的活计,不时眺望长城。焦虑地,向长空的雁阵打听,前线亲人的消息。

谁能抵挡大风,谁能把守城池?谁能用性命护住青稞和麦子;谁能在生与死的间隙,迅速转移眼泪和粮食?

那些被烽烟映红的身影,那些被火把点亮的眼睛,那些被严霜漂白的征衣,那些被大风掏空的灵魂……

一团团火光,映红半壁山河。一缕缕相思,野火般燎原谁的眼神?

当一匹快马的速度,已经来不及告急我忧心如焚的心情,手执弓箭的兄弟,请把一座座孤独的烽火燃起……

告诉大风,告诉那些日夜遥望长城的百姓。

伫立戈壁，瞭望天地间变幻莫测的风云，我感受到岁月深处，那一川泪眼朦胧的烟雨，以及始终无法握住的命运。

雕塑:醉卧沙场

一块想象的磨刀石上，大风骤起，泪水横流。

一把曾经直指灵魂、深入肺腑的大刀，此刻，在铁屑与泥沙的飞溅中，迎风狂舞。

手握刀剑的战士醉了，醉在战马与铁阵的狼藉里。鼓角将息的沙场，还冒着铁与血的热气。

杀声渐渐远去，暮鼓悄悄逼近。在风与火、雷与电的砥砺中，那把在一颗脆弱的心上猝然卷刃的刀锋，又在热泪中忘情地恢复着体力。

喝醉的战士，你隐隐感到，黑暗中，一把刀在血泪地洗刷和抚慰中，重新散发出卷土重来的勇气。

凯旋的战友，远征长城的兄弟。在一件古老的兵器上，在热血与花朵的怒放里，闻到了自己芬芳的血气。在一块大快人心的磨刀石上，看见了光影变幻、风翻不动的历史。

醉卧沙场蘸着泪水砥砺热血快意的兄弟，你为什么喝醉，无法入睡，一脸泪水?

你为什么要拼命地,磨刀、磨刀! 不遗余力。在一派血腥的迷香里，发散临阵前浑身的酒气。

当星辰散尽，露水初升。催命的鼓角，在昏暗的军帐里得到喘息。

清醒后的英雄，又将把世俗的锋芒,指向谁?

一把铁箫穿过战斗间隙

一把从战场上逃出来的铁箫,一把在折断的骨骼和损毁的音符中捡了一条性命出来的铁箫。

今夜,独自横过,嘉峪关的上空。

一把曾经被当作兵器纵横疆场的铁箫,一把曾经与刀和剑针锋相对的铁箫。今夜,在一名士卒的手里,突然流下委屈的热泪。

一把铁箫,其实在淬火之前,在那个铁匠沉重而粗糙的手中,它喧嚣的内心,就已被大火掏空。

如今,它冷清的胸膛里,淤积了太多的风雪和烟尘。

这是一件什么样的乐器啊,颤抖,嘶哑,坚硬,沉重!

就像空空戈壁上,我怀乡成疾的兄弟,布满血丝的眼睛,此刻,被夜色挖空。

独坐深夜,一把穿过战斗间隙的铁箫,发自肺腑的喊声,多像划过天际的流星。

多像空守戈壁的士卒,我郁郁寡欢的兄弟。在爱与愁、生与死的吹奏中,把一根战栗着音乐的神经,牢牢攥紧!

围　　城

地平线上,那团黑压压的山峰和云层,是不是厉兵秣马、蓄势待发的敌阵?

守城的将士知道:远处,按兵不动的风云,正在酝酿着,比日落更为壮烈的轰动。

战马盘桓,万箭待发。一座大风中的城池,早已被沙砾围困。在梦里,金属的记忆,不断撞击厚重的城门。

谁说过:没有目的的驰骋,更容易达到目的;不计后果的冲锋,更容易使洪峰决堤!

战乱,就像一个无人指挥的乐队,抒发、迸溅着金属的豪情。

在一座城池的反复夺占中,失去理智的人们,尽情释放梦中的情绪。在雷霆和马蹄下,挑战巨大虚无的精神。

在血与火的映衬中,总有人打马跃上城楼,站在高处,偷窥没有星月的乾坤。在生与死的交锋中,总有人拔起帐篷和梦境,挥师千里,大兵压境。

其实,人们的心里,团团围城,早已沦陷为空城。苦不堪言的百姓,早已远走他乡,在遥远的戈壁上垦荒,隐姓埋名。

一座大风中的城池,一座睡梦中的围城。相互绝断,又前呼后应,多像堵塞在我们胸口的团团虚空,里三层外三层。

里,三层黄沙。外,三层大风。

秋风横无际涯

一个人的秋

站到最后的,就是秋。

秋,从一个人,最后瘦成一棵树。

黄叶从身上落地,拾起来,才知道是风。

风在心上刮,把一场场大雨裹紧。

一个人望远:山脉,和眼前的路,以及那犹犹豫豫的地平线。

而一棵树,更专注于它的根。用热血守住了,就是家。

秋,独立,高远。由远及近,由近及远。

仿佛一个人卸妆后的表情,落日勾勒过的晚景。

站到最后的,是秋。

秋在一个人七步远的地方,突然停住。

荞麦花一望无际

荞麦花是山野急切的呼吸。

最白的地方,露出谁的身子?

荞麦花一望无际,心上的峰峦,震颤不已。

北风中的荞麦花,云影里的荞麦花。高出我们的呼吸和劳动。

那迟来的雨意,努力把爱情的火把举起。

始终微笑着不言不语的荞麦花呀,一颗颗粉白牙齿,咬紧谁的手指?

苦苦等待,那弥漫于空中的香气!

荞麦花痴心怒放,原野上,歌声四起。

歌声里,原野陷入无边的被动。

荞麦花一望无际。

不远处,胭脂堆积的山峦,美不遮体。

马车碾过黄昏

我看见最后一驾马车,走过黄昏。

装满干草的最后一驾马车,走过黄昏。

草丛里的蚂蚱和青蛙,目送它远去。

天空无边。深蓝,在它的颠簸中,使劲晃动。

这是深秋的最后一趟马车。

这是深秋最后一批运出村庄的干草。

北风吹来,少了马和车的村落,更空旷。

是这样的! 黄昏里走过,最后一趟马车。

一下子安静下来的村庄,猛然想哭。

牛羊铺天盖地

牛羊铺天盖地。

家乡的高冈上,阳光和珍珠散落的牛羊,铺天盖地。

高冈上,借着露水和北风疯长的青草和野花,铺天盖地。

此时,有一首民歌可以唱了。唱得草木葳蕤,日落脊背。

唱得野花更艳,山路更弯。

此时,你可以边走边唱,边把那悠长的牧鞭举起,甩得脆响。

山,在更远的地方。

更远的地方,有石头走不到头的草地,有风雨抱不住的穹庐。

此时,如果低头想想,做一个牧人也挺幸福:

夏天,你和云朵都在天上。

冬天,你与风雪都在路上。

夜风,低低吼叫

夜风低低地吼叫。这是山村,黑暗的一部分。

当油灯熄灭,土炕上,鼾声四起。夜风,压低腰肢,绕过屋后高高的杨树,沿着黑暗中的小径,贴着矮矮的墙根行走。

一只猫因为要躲开它,跳上窗台,不小心踩翻一只花盆。突如其来的破碎声,让主人翻了个身。

夜风低低地吼叫。伴着黑暗清冷的歌唱,更多人走向遥远的梦境。

手头和肩上的活都已放下,红的白的事情都已放下。甚至那些缠身的疾病,此时也能暂时搁下。只有夜风,在慢慢勾勒一座村庄的轮廓,触摸村庄渐渐舒展的身体。

梦是要继续做的,每夜每夜。

一种类似光芒的尘埃,正把一些骨头和金属埋深。

我们为什么爱看月亮

什么时候我们来到月亮上。什么时候。

什么时候风变成道路,月光变成高头大马,我们骑上。

云层里,那人始终没走,他一直在唱,一直在望。

那棵老桂树,弯着腰开着花,在等一位姑娘。

什么时候我们来到月亮上。什么时候。

月亮最大的时候,人间的传说,都在天上。

没有人知道露水

草丛里,它把自己藏好。

月光照着大地。一切,已收拾停当。

就像月亮下,主人锁好院门,正准备出远门。

有谁知晓露的心思,前生后世的眼泪,藏得很深。

有谁知道它的晶莹。草丛里,走累了的石头和星辰。

是啊,没有人知道露水。

知道它,离梦有多远,离风有多近。

雁阵改写的天空

山,开始动摇。水,也开始站不住脚。

秋风在道路两旁,已改写成行书和草书。

一行大雁,飞得太久。天上,云的分量,越来越重。

芦苇思绪纷乱,连续几天,已不再梳妆。

有一封寄往故乡的家信,还走在,被雨淋湿的路上。

人生莫不是这样:有几笔轻,有几笔重。

有几笔,热泪盈眶;有几笔,迎风飞翔。

梦 里 月 光

木门和窗棂,总是敞向夜空。

静夜,若有满月,必能蹑手蹑脚而来。

月光温婉,在门外徘徊了很久。像个姑娘。

她已走完万里关山,和七十二州府。

此时。灯下,一张纸若明若暗,恰好照出诗人。

今夜,诗人了无诗意,只等月落凡尘。

斟酒,对饮。铜镜中照出,另外一个自己。

如月不解风情,就让他自斟自饮,看:

月影穿堂过廊,打扫门庭。

和一场小雪一起醒来

清晨,和一场小雪一起醒来。

就像晨曦漏进羊圈,一朵朵白云醒了,依次跪着,站起来。

就像山外小路,肩挑箩筐的人,咯吱咯吱远去。

一场小雪,山村盖不住的地方,还露着。

还是那么白,那么坎坷。

就像月光打扫过的家,还那么穷。风一吹,叮当作响。

泪痕已干,梦已清零。

醒来的人,身后是风。

那时北方

北方,我不提你的荒凉

北方,我不提你的荒凉。我不提你的,太阳出来喜洋洋。

我不提你的月亮。睡梦里,北斗瑟缩在什么地方?

我不提你的暗哑。村庄,夜雨淅沥,思念夺出谁的眼眶。

我不提你的沉默。山冈上,父亲一生不肯放下的瞭望。

我不提北风那个吹,荞麦花裁剪的风筝和衣裳;不提南风那个刮,稻草人编织的童话和嫁妆。

我不提炉火,照亮胸膛。不提窗花贴出春风,眼泪汪汪。

我不提三尺厚的黄土,埋葬多少夕阳。不提一人高的麦浪,淹没几层欲望。

我不提上门提亲的媒人,喜鹊还站在蜡梅的枝上。不提漫山遍野的牛羊,彩云已投奔遥远的他乡。

我不提没有化妆的妹妹,把珍珠和思念,带向远方。

花椒树红了,苜蓿地绿了。北方,我不提你的光芒万丈。

冷风热雨,溅在背上。

高坡上,蚂蚁们正在搬运,黑压压的故乡。

哪一条道路通往北方

哪一条道路通往北方?

这头是村庄,那头是天际。

谁站在大路中央,站在自己的喉结上,放声高唱。

一生都在沉睡,甚至死亡。

村庄,死亡也在积攒渐渐醒来的力量——

春风里,找寻破晓的天荒。

当黎明的星斗翻作巨浪,红尘也睁开光芒。

哪一条道路通往北方? 大风中,走动项羽和刘邦。

项羽纵火为雏,刘邦占山为王。

而诗人海子,站在自己的麦芒上,遥望家乡。

哪一条道路通往北方,哪一座村庄好梦更长?

大风起兮,云飞扬。

我看见,高出北方的山冈:

一道闪电划破脊梁。大地用雷霆捶打沉闷的胸膛!

黄昏是一座空羊圈

黄昏,是一座空羊圈。

黄昏之前,天色还灿烂一片。羊圈空着,咩声一片。

那些高天上,我驻足仰望过的云,现在还在追逐我,投射在大地上的阴影。

它们,一会儿,散落成点点柳絮;一会儿,汇聚成涓涓溪水。

它们日夜飘散,流浪,歌唱,在开满苜蓿花的原野上,成为滋润我眼睑的梦想。

它们风筝般抵近天际,但最终被我赶回,空荡的内心。

我允许那团团洁白飘得很远,但不能远到失去。

现在,那些漂泊累了的云朵,就聚拢在我灵魂的羊圈里。

它们相互拥挤、偎依,在寒夜取暖。于我内心的栅栏里,静静对视,或者齐刷刷地,注目远方。

它们,在空空的羊圈里,缓慢而急剧地涌动。默默反刍,生命里辽阔的余晖。

我知道,大地上,那些即将变成石头的云,正在黄昏热烈的浸泡中。

冬天,树的光棍

赤手空拳的冬天,北风空有一把力气。

北风,两手攥紧大地的衣领,试图用雪花和冬青把春天摇醒。

是的,在零度以下,除了剔透的冰雪和美丽的女人,还有谁,仍在沉睡?!

花凋零了,那是一段燃烧的青春。

叶飘落了,那是一路绚烂的回归。

现在,就剩下五大三粗的枝干了。

树的光棍,逐渐赤裸出,男人的骨气。

北风吹拂中,我甚至听见了,隐藏于树干中心那年轮,微弱苍茫的喘息。

贫寒的冬季,坚韧的灵魂总有标记。

当雪花扑打窗棂,那些树的光棍,在原野上伫立,一字排开。

它们屈膝,弯腰。北风中,开始被动地健美。

山脊上的一点雪

有意无意的风,像那道山脊上飘落的,一点点雪。

山体巨大、绵长。沉重而恒久。

而雪花,捕风捉影,轻盈得好似蜻蜓点水。

仿佛,有没有自己都无所谓。

从山脊上吹来的微风,只使我嗅到了,丝丝泥土的腥气。

但是,在苍穹的深蓝里,就是那么几点雪白,却把粗黑的山脊,勾勒得更加清晰。

宛若鸿影一羽,悠然零落。

使黄金与泰山,陡然倾斜。

鸟不知什么时候飞走了

鸟,不知什么时候飞走了。

树从此空荡了许多。风从此寂寞了许多。天从此高远了许多。

树上的那些花,是开给谁看的?

枝上的那些叶子,风雨不透,还在为谁保守秘密?

鸟不知什么时候飞走了。

现在,我们只剩下一棵树,这个光杆司令。

如果鲜花开败、枯叶落尽,我们又该怎么办?

没有鸟鸣,我们要这棵树做什么?

不知什么时候飞走了,鸟。

它为什么要飞走?

鸟不愿留在,一棵没有秘密的树里。

一棵树的涵养,至少要有天空那么大才行。

清晨,露水顺着草叶滚落

一颗巨大的露水,顺着草叶缓缓滚落。

这是山野清晨的,一个细节,或特写。

此刻的山村,没有一点杂音。

一颗露水,从我的梦里醒来,有点沉重,便顺着一枚草叶的手臂滚落
下来。

滚落大地的露水,至少摔疼了它的晶莹。

还没到,用高亢的鸡鸣报晓的时分。一颗露水,首先从草叶上滚落
下来。它滚落在大地起伏的胸膛里,使这个黎明更寂静,使那些此起彼伏

的鼾声更悠远。

这就是一颗露水的重量——它慢慢地滚动着变幻着色彩的晨曦，一枚草叶正好承担起它的沉重和忧郁。

露水把草叶压得很弯，然后没事人似的，消逝在大地的寂静里。

这颗露水渗进地平时，那枚草叶，才慢慢地直起身，看了看地平线上的日出。

我醒来时，甚至没有发现水迹。微风中，那些草叶正欢快地摇旗呐喊，大造快乐的声势。

或许，人世间就不曾有过那么一滴露水。

它很像我们，回眸岁月时背过脸拭去的，一滴泪。

越来越远的地方

我看到了，一条山脉的轮廓。

不，我看到了很多条山脉的，很多条轮廓。

那些轮廓叠加起来，渐渐绷直，像我记忆中一段褐色的、舒缓的歌谱。

它们跳跃，起伏，律动，让我的心头涌动莫名地忧伤。

我就把那些平行或重叠的轮廓，叫作远方。

它使我的视野，经常处于强烈的逆光之中。

仰望一个地方，久了，我就给它起个温暖的名字。然后把它忘掉。

我知道，它们只是自己，几乎与我，没有任何关系。

但我需要那些淡淡的线条，需要远方。

有时候，它会离我，越来越近。

今天，我又在黄昏里看到那些山脊，它们在落日的余晖里，相互叠加，构成我心灵的故乡。灰暗的山脊之间，夹杂着一些我无法接近的欲望。

是的，总会有一天，我会成为那些山脊的一部分：

在地平线上，跳动着，被你们想象。

黄昏，抄近路回家

有一条道路离家最近，那是黄昏。

有一支民谣离心最近，那是牧歌。

打着响鞭，唱着山歌。抄黄昏的近路，不一会儿，就推开了风中的木门。

羊群已经回到圈里，羔羊开始咩咩呼唤娘亲。

我知道，那些云朵般纯洁的生灵已经吃饱喝足，它们也该喂喂，渴望长大的眼睛。

落日，仿佛是押在后山的一个宝物。此时，我们已经看不到它，金光灿灿的样子了。

炊烟，仿佛瞬间挺拔的杨树，一柱一柱，在房后的屋脊朦胧地摇曳。

父亲咳嗽了一声，母亲唠叨了两句，我们就知道在饭桌前集合。舀一碗清水，洗掉手上的黄土，便开始犒赏一天的饥饿。

村村落落，烟雾茫茫。

从小院里，偶尔飘出有一句没一句的家常，东一声西一声的鸡鸣，高一声低一声的狗叫……

黄昏的村庄，多像遥远的画卷。

鸡叫三遍，天就亮了

鸡叫三遍，天就亮了。

筋骨还没缓过劲来，天就亮了。在热炕上烙了一夜的父亲，累弯的腰始终像把犁,至今还没有伸直呢。

还没翻几个身,天就亮了。在粮站下半夜背麻袋回来的大哥,散了架的肩膀搁哪儿都疼,辗转反侧的,怎么也睡不着。

还没焐热妹妹的手呢,天就亮了。刚过门的邻家新媳妇,早早地起了床,已经开始唰唰唰地打扫院落和心灵了。

鸡叫三遍,天就亮了。

村子里,已经有窸窸窣窣的声息了。道路上,已经有人头攒动了。田野上,已经有牲口的铃铛和响鼻了。

母亲们,开始给上学的孩子赶做早饭了。

是的,在一个以劳动为本、辛苦为生的地方:

夜就这么长,梦就这么短。

听见火车

后半夜，起风了

我注定要醒来，虽然我不认为，我是被后半夜的风给惊醒的。那风掠着几片枯叶，从屋脊和房后的墙根刮过，不忽略黑夜的每一个细节。从东到西，墙上的尘土不断剥落。渐渐地，我感到我和这个世界越来越薄。

屋顶上，几只剪纸一样薄的鸟还没站稳，就被吹得翘起了尾巴，顺着风向，它比枝头的枯叶坠得更快。远处的树林里，好像有什么被围困，无数条皮鞭在抽打梦境。

蓦然回首，我们似乎拥有了什么，又仿佛失去了什么。

更远处，一闪一闪的灯火终于灭了。我不知道，是人把它掐灭的,还是秋风把它吹灭的。

后半夜了,万事万物,也该入睡了。

而我注定要醒来,虽然我不认为,我是被后半夜的风给惊醒的。我坐在故乡温热的土炕上,感到一丝丝的清冷。想象从远处卷来又被卷向远处的红尘,有多少,来自那些无法入眠的心灵。

听 见 火 车

听见火车,是多年以前的事。

那时候,我常常听见黑黑的、长长的火车,穿过比火车头更黑、比我的内心更空的黑夜。

那时候,我就喜欢在深夜把头探出暖暖的被窝,眨巴着一双比夜色更神秘、比星星更闪烁的小眼睛听火车。我能敏感地分辨出,火车在深夜钻出一个洞子,又扎进另外一个洞子的声音。我还能清晰地感觉到,火车那负载过重的大铁轮子,从一节钢轨碾过另一节钢轨。那"咣当咣当"的声音,总是那么震撼人心,总能把我复杂而陈旧的想法带到远方。

听见火车。我听见喘着粗气、冒着黑烟的长长的火车,穿过空旷荒凉的原野,吃力地从一个小镇奔向另一个小镇。

一想到它把一车皮一车皮的煤和粮食运向天边,我失落的内心,就像堆满暖人的篝火。

稻 草 人

沿着春天飘满蒲公英的小路,顺着夏天越来越流行的热风,撩开秋天密密匝匝的草丛,我总能够找到你。

整个季节，我长不过一颗小麦，高不过一株苞谷。我的长势远不如阳坡上，那一片片为太阳的表扬而出类拔萃的禾苗。

当一畦畦小麦、一洼洼苦荞都挥舞起手中沉甸甸的荧光棒，我就像秋天热情洋溢的主持人，欢迎你这位头戴草帽的乡下大明星。

自打绿油油的穗头，有了第一滴奶水般的幽香，鸦雀就从四面八方赶来，聚众、闹事、起哄。而你的莅临，使得整个大地瞬间变得鸦雀无声，随即爆发出雷鸣般的掌声。

庄稼地里的大明星，我爱你！

当爷爷叫你张开双臂，让你试穿那件我们兄弟仨穿得不能再穿的破汗衫。当秋风漫过原野，你弯弓搭箭的样子，就像传说中射雕的英雄。我喜欢你，喜欢你的样子。喜欢你给我傻傻的童年带来的，那一场场风调雨顺的虚惊。

雁阵在天上写下"人"字

那是我在天地间读到的第一个汉字。

那是我迄今见过的最大的象形文字。

天空，万里无云。

一队路过故乡的大雁，在一张天大的纸上，即兴写下铺天盖地的"人"字，犹如神来之笔。

那是秋天，故乡头顶上最辽阔的一幕。

一只只大雁迁徙，在高远的天幕上进行队形变换。它们展开翅膀，一字排开，又在行进间翅翅相接，一撇一捺，巨大的"人"字落墨惊风。

那是我一生中看到的，最能打动人心的中国书法。

天地之间，"人"字，被近千只大雁挥洒得如此地荡气回肠，灵动飘逸,淋漓尽致。

炊　烟

今天,我想起母亲。

今天,我在他乡,想念故乡。

今天,我爱怎么想就怎么想。朦胧之中,一缕炊烟,缓缓飘向美丽的天际。

多少年了,母亲老了,故乡旧了。而在凝望中,在烟雨蒙蒙的午后,炊烟依旧,袅袅升起。

多少年了,故乡还是那么矮矮地,静静地,在阳光的恩泽中变旧,在风雨的剥蚀中越来越淡,就像一张渐渐模糊的底片。

就像一件多年不穿的旧衣服,每一处隐忍的伤口上,都蒙着一块鲜艳的补丁。

秋　天　深　了

秋天深了。

地平线上,一丛丛枫树,失火一般焚烧。

风,还在助长火势,把我眼里的几朵火烧云也映得通红。

那时候,赶路的人不再说话,和沉默的风雨搅在一起。有人在回家的路上,依稀听到,那发自土地腹部隐忍的雷声。

地都歇了,好像一张张人们看过的报纸。那些开过花的作物,就像卸了妆的女人。

风中,万物屏住呼吸,放慢了走向寒冷的步履。

秋天深了，天空和大地一览无余。

我们的心事，一览无余。

只有，那些燃烧得有些窒息的枫树，迎风燃烧。

风助火势，火借风势。

层林尽染，很像我们愈演愈烈的人生。

午夜下了薄薄的雪

那一夜，我们躲进暖暖的被窝，一直不肯露头。

风，在黑夜里呼呼地撕着纸窗。但我们就是不愿出门看看，外面到底发生了什么。我们宁愿把所有的胆怯和想象，寄托在含混不清的梦里。

我们已经有了自己的故事，我们宁愿秘密在心里发霉、变质甚至腐烂。虽然，许多情节，早已家喻户晓。

这是一种幸福，一种自己动手掩埋隐私的幸福，一种天亮了也不肯起床的，很保守、很懒惰的幸福。

就像午夜不知不觉下了一场雪，薄薄的。而一村子的狗，谁都不肯叫上一声。

檐 水 嘀 嗒

天气凉了。

风中的树，裹紧了自己的衣服，规矩地站在道路的两旁。村子里，已看不到外乡人，庭院和道路，显得分外寂静。

那是深秋，谷物开始在粮仓里打盹。乡里人则蹲在炕沿上抽烟，想事情。

母亲还在唠叨，埋怨天气和父亲：这鬼天气，你就知道抽，抽！也不到地头走走。

下雨天，日子显得拖沓，漫长。就像滴滴答答的檐雨声，似乎刻意把时间拉直拉长了许多：在一滴水与一滴水之间，在一场雨与一场雨之间。

那时候，我们将窗纸捅一个眼睛大小的洞，趴在窗台上，看一房檐的雨水滴滴答答，看一院子的水，怎样汇成我们心目中的汪洋大海。看水面上不断泛起的水泡，感受随时幻灭的心情。

我们一看，就是一个下午。就仿佛看了一生。

想起几天前，那些飘过头顶的云朵，如今因为风或者什么，已经变成连绵阴雨，来到人间；过去我们望着朗朗晴空生出的几许清清亮亮的想法，如今也随着檐水的滴落，不断汇入茫茫水泊而渐渐浑浊。

是不是季节不需要声张，是不是生活更需要酝酿？

就像这绵绵细雨中的大地，许多故事在追忆中流淌，许多事物在埋没中生长，许多人试着用沉默歌唱。

敦 煌 走 笔

敦　　煌

他们来过。

他们形只影单，行踪缥缈，只留下鸿影和遗迹。

他们深居简出，面壁而思。最终，成为这个世上的谜。

他们远离尘世，以草为骨，用泥沙和汗水塑造金身。他们用尽一生的沉默，剔除寂静以外的清辉。

他们只留下壁画，留下阳光和风，留下慈悲的眼神，以及被时间风干的手迹。

敦煌，一条北风打扫干净的路上，站着神情破旧的村庄。

袅袅香火已熄。岁月的风沙，正掠过弯曲的脊梁。

草们枯了，收拾好自己的尸骨和过去。

石头围坐，仿佛众僧。在他们干枯的眼里，黄昏，被风沙洗劫一空。

九层佛塔之下，幽幽木鱼已馨。

燃烧的心，在岁月的两鬓，划出凄美的流星。

身披彩虹的飞天已去，留下沙丘。

留下月亮的轻弦一弯。

留下，一处红尘深处的秘密。

鸣 沙 山

每一个来到这里的人，都渴望被深埋一次。

用缠绵的沙粒，埋葬难言的过去。

在风沙中，拯救深陷天空的背影。在大雪里，挖掘匍匐大地的灵魂。用滚滚黄沙，清洗咽喉深处的红尘。

每一个来到这里的人，都渴望被深埋一次。

将陈腐的肉体搁浅沙洲，卸下坚硬贵重的骨头。把现实诡异的幻影，摆放成悲痛欲绝的甲骨文。

鸣沙山。风，朝哪条道上吹？沙，向哪个方向鸣？

飞沙走石。难道只是为了内心，波澜壮阔的不平！

此时，所有的语言都是沙粒。所有的沙粒，都是灵魂一次微茫的叹息。

每一个来到这里的人，都渴望被深埋一次。

在沙海埋下苦难的经历，获得上天隐约的暗示。

在红尘弥漫的风沙里，依稀看到自己的，美梦和血迹。

三　危　山

有时候,我们需要绝望一次。

在末路或绝壁上,碰见自己。

在荒无人烟的戈壁,奇遇离散多年的灵魂。

我敢肯定,独坐山顶的那个人,一定怀揣悲悯的心。在乱石云集的三危山上,仿佛听到自己,被大风吹拂的姓氏。

三危山,乱石打坐的黄昏。

除了天光,四大皆空。

一些试图寻找和膜拜虚无的人,路过这里,紧握沁凉的骨骼和热泪。

这里的沙子什么都埋:苦涩的过去,羞耻的心,以及幻灭的情感。

这里,你什么也别想带走,除了一颗备受责难的心。

你也不必担心,圣洁的灵魂会被玷污:

阳光翻晒,北风劲吹。一切,瞬间即成过去。

三危山,乱石打坐的黄昏。

俯瞰人间大地,谁想大喊几声。问上天,彻底弄清:

有关自己的,后世前生。

月　牙　泉

那些匆匆赶路的人,最后来到这里。

在美丽的月牙泉边,照出,绝对的孤独。

那些人,风尘仆仆。走累了,就想靠着驼峰般柔顺的沙丘,用清洌的想法,对照出心中的黯淡与恢宏。

镜子,已经映不出我们的任何表情了。那些扭曲、变形的水银,已经很难表述我们，尴尬的心境。

我们的灵魂，急需一片洁净的月色，包扎心头无边的悲悯。

在月牙泉，苦旅的人们，仿佛看到：沙漠里，渐渐睡醒的上苍——

那道，沙海里不再愈合的伤口；那瓣，大风中无法掬起的月影！

仿佛上苍慈悲的眼神，慢慢睁开，无比清冽地，看着那些千里迢迢、风尘仆仆前来寻找自己的人。

飞　天

你在天上看到了什么？

身披彩练飞天的女人，一万亩玫瑰和红柳留不住的爱情？

那个大把大把向人间抛撒鲜花和星光的神，是不是过眼云烟中，掠过我们心空的歌声？

飞天、飞天，丝绸之路上飘动的音符，仿佛我，爱情与幻想的五线谱。

飞天呀飞天，是谁给你洗的发？是谁给你梳的头？

是谁在河西走廊的街铺扯来丝绸？是谁，给你裁剪的裙裾半遮半露？

你是要出嫁吗，还是要远走？

是什么风把她吹来，又是什么沙把她抬走？

为什么，你有时反弹琵琶，有时候手折杨柳？

为什么，在我几近绝望的时候，你又高高地，翱翔在我的心头？

不再猜想了。你看，河西走廊的尽头，是谁遗落了那么多彩绸，像我西出阳关时的离愁？

飞天呀飞天！

我知道，你只是我做过的一个美梦。

一弯，泪光里，难得一见的彩虹！

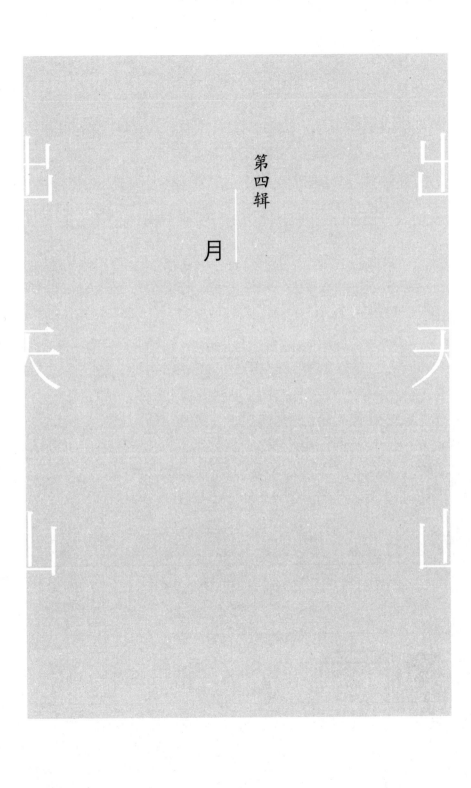

第四辑

月

明月几时有

明月几时有

明月几时有？今夜有。有我，有你，有东坡，有眉州。

有前半夜的茶，后半夜的酒。有心上的沙洲，枕边的江流。

有玉宇有宫阙，有管弦有琴瑟。有阡陌有屋舍，有炊烟有灯火。

有雷声起于床榻，帆影归于烟波。有移步换景的天狼星，有乱石破空的赤壁雪。

明月几时有？明朝有。有笑，有哭，有灯花。有镜中故人，泪里家国。

有百里佛龛,有千乘云朵。有一窗明月,有万重鼓角。

有城有池,有子民。有粮有盐,有干戈。有峰回路转的生死,有疏影横斜的福祸。

马蹄化为青萍,诗行读成奏折。生有甲骨,死有铁证。

有锦书,却难托。有山河,却奈何。有云雨,却持节。有繁华,却寂寞。

有千骑卷平冈的壮烈,还有一蓑烟雨坐的落魄。

明月几时有?岁岁有。有秦有汉有唐宋,有情有义有姓名。有装订成册的印刷体,有散落民间的手抄本。

望一轮满月在天,藏万顷雄阔于额。醉了,总有三尺月光在手;醒来,还有半卷诗书于胸。

半梦半醒间,还会有人循着那深巷的花影与酒旗问:明月几时有?

中岩寺唤鱼

山隐古寺,一瓦遮红尘。山间流光,寺中怀碧。

诗书可晒石上,好梦暂藏鱼腹。鱼在水底,也在掌心。

击掌而出的鱼,何以悟得这尘世的好意?沉鱼落雁,执子不语。鱼儿浮出水面,便是几朵红晕,岂不暴露了身份?

东坡在竹林行吟,王弗于阁楼描红。有声有色的时光,风吹中岩山,恰有蜻蜓点水,池中便晕染出串串涟漪。

中岩寺外,万物喧腾。蜀南之春如鲁莽的艄公,弃了舟楫,正在岷江东岸登陆,呼朋唤友,簇拥着乱花,吃酒去。

一切还未示人,早已挠心。一切,又似这淙淙水声,平明复归于一把战栗的古琴。而串缀林间的光和露,叮当乱响,急于为世间一切美好,重新命名。

藏鱼,观鱼,仙鱼,天鱼……青神县的名绅贤士,正在为寺中鱼池命名。红肥绿瘦的风,行将捅破这层暖春的窗纸。

"唤鱼池!"东坡与捎信送字的王弗,不约而同脱口而出。一个"唤"字,赢得群贤赞叹的掌声。金鱼应声而出,水面一派绯红。

春风得意,草上蹄疾。北宋的青年才俊似已看到:黛眉下挑灯的眼波,折扇后屏息的爱神……

十载光阴,千年化境。如今的他们,早已把爱硅化成石。依偎水边,听千年后的掌声,再把好梦唤出水面。

水天花月影

才下眉头,却上心头。眉州的水,是诗,还是酒?

水,被一面面宋词的镜子收走,把夜晚照得灿若白昼。

水照出历史的纵深、山岳的纹理,照出时间的风中马、云中车。

时间被流水怀念、追逐,又被它的渊薮——带走。

水留下记忆的亭台楼阁,留下往事的金银铜铁。水留下火,留下的暗哑平仄,至今令我忘情失忆。

花在风里,在湖中,用辉煌的面积拥抱天空。花迷水的沉静,水恋花的妖媚。花在窗外,在月下,渐渐退化出季节的真容。

花簇拥水,让无风无月的水,更加楚楚动人。于发髻,于耳畔,于指间,于瓶中。花在尘世的啜饮和响动,就是人情风物的光泽与心情。

花与花朵朵相连,成为另一片珠光宝气。人间的尘埃与纷攘,如天上星斗、水上风浪,任由花蕊翻新、水流做旧。

明月在胸,颜不争锋。出水的花容玉肌,本就是月的美梦。时间之舟在湖中起伏,如月悬至五更。除却昨日长卷和今夜的口琴,谁是被水留宿的客人？

一群人走过历史的洞桥与廊柱，衣袂和呼吸拂动花丛。一轮明月镀亮的高冈，能听见轻舟划向梦里的水声。

多情的亭榭外，那水中的静荷，也许只是千年后一尊石像的映衬。历史的苍穹里，又有谁能够成为不凋的风景！

青衣西走，岷水北流。在眉州，我泛舟于水天花月，往返于一阕词中，醉了，也许就能看到：东坡握卷船头、把酒问天的情景。

彼时恰有歌曰：宋词开满荷池，抱月以度此生。

柳江古镇梦

始于南宋，兴于明清。八百多年的睡梦，倒影江中。

山，层层叠叠，像是浓墨蘸了水画上去的。将时光截流，再将它的裙裾挽起。

山外喧闹，是我刚刚甩在身后的灰尘。

老街沉睡。临江的板房，为古朴的光阴让出半边街的寂静。好在有丝弦不断、水流低回，如青苔下的诗句，提醒盘根错节的黄葛和麻柳：春意荡漾之时，别忘了镇子上，还有前来觅诗的客人。

古镇依傍的，不叫柳江，是杨村、花溪二河。杨村从上游身着旗袍走来，经古镇，侧过曼妙腰身，慢了莲步，又半推半就汇入花溪——这是时间与美的宿命。

花溪向远，只能望见她背影的依稀。还是那种画上去的青，或者灰，只是多掺了水光一夕。

半边街的尽头，是石板长街，石青格绿的脚印，不着一字，却又写尽历史。卵石上的吊脚楼，画檐下的红灯笼，颤颤巍巍，既有柳江晚戏的腔调与锣声，又有古镇旺族的喧闹与分寸。

蓦然回首，烟波如初。传说中，那曾家的房子、杨家的顶子、何家的谷子、张家的女子，又宛在古镇旧事的幕布深处。

都说烟雨柳江，雨中的古镇让人无法入眠。都说明月如镜，月色里的烟柳是谁频频回眸的前世？

若那明月就是它的梦，这烟波，定是它的魂。

瓦屋山眺远

没有盟誓，也不会爽约。时间是人间的步履，它的回音，高过天际。

我知道那里有人居住，但只是为了攀摘星星。这个世界上，不说话的人，赢得了更多歌声。

看见大雪，已错过漫漫冬季。谁有那么多银碗和玉器，经得起宿醉，经得起一生收藏和丢弃。白马累在半途，鞍鞯上的弓箭被抛向半空。

横放的桌子，不再有辉煌的祭品。高天在上，没有云朵的蓝，更令人肃然起敬。

桌子下面，应有一把透明的椅子。多少个回望过去的日子，她就坐在涨潮的水里。

睡过了时辰的翡翠狮子，等待睁开黑夜的眼睛。它明亮的呼吸，已空得无法用来装饰有风的窗棂。在一个又一个鼾声如雷的梦里，飞禽和走兽都不会逃离。

杜鹃花的王国，除了星辰和飘雪，那一抹红，是被南风即兴涂上去的。在远处，我不会悄悄吻你，只会为一段永恒的射程，搭箭张弓。

仿佛多出一个故乡，一万个故乡，不再怀疑梦里的月光。一群又一群鸽子占领屋顶，能看见它们开着花的眼睛。

金钱豹行走于茫茫云海,它把人世间多余的光斑,镶嵌在自己对未来的期许里。等太阳落山,它就向深渊奋力扑击。

一百零八眼圣泉,七十二条飞练。当我意识到你来自云端,可曾听见我绝壁的呐喊。

秉一支风烛,就能打开走向黎明的石门。没有人知道,彩虹的背后,就是一条伸向金顶的拱桥。

还是回到一叶瓦上,回到天神歌唱的屋脊。上苍的方桌上,有他没有拿走的光。

眉 山 写 生

风画柳,燕画梁。墨画出山,烟画出水。星光和灯火画出人间。

词画出宋,诗画出唐。一阕清婉又豪放,画出牌,画出坊,画出书,画出香。

画出眉山的山,画出岷江的江。画出大雅堂的诗碑,画出三苏祠的檐廊。

画出的青年才俊,都是东坡进士。画出的窈窕淑女,都是王弗青衣。

一千多年之后,我以诗的名义,背着画架来到眉山采风、写生。

画出一块石头,名曰伏虎。画一方砚池,名曰唤鱼。画出一尊大佛,就叫仁寿。画出一座桌山,就叫瓦屋。

画一亩三分地出来,耕云种月。长出的修竹与风荷,铺开来写下人间情。

蜀中文脉在眉山,走出三凤水二分竹的苏府,广场上又走来风度翩翩的八百进士。世上真爱在眉州,明月夜、短松冈,十年生死绝恋,一曲传唱千古。

彭祖山，汉王湖。牛角寨，石笋峰……走过节孝石牌坊，就是烟雨柳江镇。

神木园里难迷踪，白鹤林中常失神。

徘徊东坡湖，细听鱼咬舟。登临远景楼，方知黄鹤走。

在眉山写生，最想画出的，还是你的眼神。

蘸上墨，画于纸。画出有，画出无。画出今，画出古。

画出那辗转反侧、永世不忘的一幕：

小轩窗，正梳妆。描眉，画目。一抹黛青下，汪着你的湖。

露水放大的村庄

北风在树梢绾了个结

北风在树梢绾了个结，就走了。

无人照料的冬天，在树梢，格外响。

这个季节的前前后后，一路上，都有我们的口哨。

但现在，突然没有了。

树梢上，北风绾好的死结还在。

多余出来的那半截，还在飘。

睡得很高的山冈

它不知道自己,睡在云里。

它不知道,自己睡在凸起的花蕊,很深的草丛。

睡在一只蚂蚱鼓鼓的肚皮上。

故乡就是这样。山冈上,常有人在唱。

喝醉了的男人、赤背、红脸膛。

四仰八叉地,睡在山冈上。

一口古井里的月光

多少年了,娘还在那口古井里打水。

把长年累月积攒下来的月光,一桶一桶地提上来。

娘用月光洗脸,做饭。梳头,照镜子。

有时还会趴在井口,偷偷地,掉眼泪。

没有人知道,一口古井的秘密。

就像天空,万里无云时,也能照出人影。

泪水濡湿的手帕

巴掌大的布。折好,揣在感情触手可及的地方。

就像,巴掌大的自留地,生长着那么美的庄稼。

这一生,我们都怀揣,另外一个自己。

伤心时,把它摸出来,捂在脸上,不让人看见。

不让泪水掉在地上。

如果大地知道了你在哭,可不好。

风吹着麦香

七月,山上的麦子快要熟了。

山上,快要熟了的麦子,很香。

那香气,不知从什么地方传来。风吹着金黄。

七月,静静地。太阳,使劲烤着父亲的脊梁。

麦子们挺立,很骄傲,个个都有饱满的麦粒。

父亲,你该坐下来歇一歇。把旱烟,用报纸卷上。

风吹麦浪,翻过所有山梁。

杏花湿了一地

杏花湿了一地。

大花被子里,有人滴滴答答抽泣,抽得杏花遍地。

雨中,三山五岳的杏花开了。

有人出门,涂上口红。有人在家,弄破窗纸,看雨。

朴素的山村,略施粉黛的杏花开了。女人们贴在身上的衣服湿了。

妹妹身上的土布衬衫也湿了。

可以想见,雨后,晾衣绳上的那道彩虹,多耀眼!

很多东西是架子车拉走的

我看到的东西越来越少了。

在故乡,很多东西是架子车拉走的。

那时候,它往田野里拉牛粪。它往打谷场转运麦子和胡麻。它把碾好的粮食,一袋一袋地拉进深秋。

它空着的时候,也拉过我喜出望外的童年。

它还拉过故乡,一个个红尘如火的黄昏。

在故乡,很多东西是架子车拉走的。

和我过家家的九妹,也是被一辆架子车拉走的。

现在,架子车什么都不拉了。它静静地,歇在黄土塌陷的窑洞里。

它身上的光斑和灰土,谁都不去碰触。

秋雨密过针脚

针,从母亲额际划过。秋雨密过针脚。

母亲手上,春光锦绣。山里山外的田畴,在细雨中颤抖。

日子,突然冗长起来。泥土在雨水中开始细软。

温存的目光,开始足不出户。

一条弯弯曲曲的山路,被雨声缝进了湿湿的记忆。

针,从母亲额际划过。秋雨密过针脚。

秋雨过后,大地的骨骼,开始变白。

露水放大的村庄

村庄越来越小了。

就像爹或娘，小得不能再小的身影。

让我把眼睛擦了又擦，还是看不清。

往回走一千里，再走一千里。近了，才看清是他们。

也曾是那雪峰，伟岸地。日月下，气吞山河的样子。

也曾是那原野，辽阔的风雨中，唱着爱我的儿歌。

但现在的村庄，小得像一只，走在山路上的蚂蚁。

被一滴晨露放大了，才能够看清楚。

就像我们，最后挣扎着用一滴泪，放大一生。

树叶，落在时间的空地

秋千上落着风

物质匍匐的年代，精神被抛向高处。

村口那个不知谁搭建的秋千，把很多人想飞的感觉，送到天空。

年关或节日，村里的人就会聚集，围着秋千闹腾。大家叽叽喳喳，争着感受速度、高度和耳边擦过的疾风。

单人或双人，双脚踩在秋千的那块榆木板上，双手紧紧抓着两条垂下来的绳索，由几个人用力推着，载人的秋千便凭着越来越大的惯性，荡漾开来。

秋千画着越来越快的弧线飞起来了，秋千上的人和那些围观的紧张的心，也随着秋千高低起伏。

人们欢笑着，惊呼着，尖叫着，尽情宣泄着简单而又朴素的快乐。

一个简易的缺乏安全保障的秋千，却成为那个年代，一座村庄的文化盛宴！

可不知何时，秋千忽然冷清了下来。放学路过的孩子们，偶尔用手拨拉一下秋千的木板，让它煞有介事地摇摆。

年关，人们不再围观秋千，回家过年的男女老少，不是忙着看电视，就是忙着叙旧情，全然不知秋千的存在。

有人说，被时代淘汰并不可惜。但那些发自内心至今还活在我们记忆里的快乐也消失了，会不会惋惜？

用一根钢筋制作的铁环，用一块木板玩起的跳房子，用一团柔软的泥巴摔出的天籁之音，一群孩子围成圆圈的丢手绢，两手空空但一个接一个地拦腰抱成一路的老鹰捉小鸡……构成了我们生命里最生动的童年。

秋千在风雨红尘中旧了，朽了，它已承受不住一个孩子的目光。

辽阔天宇，风吹过，它的绳子，就像两根花白的辫子。

公园的长椅常常空着

公园里的长椅，常常空着。

一只鸟，在它木质的靠背上短停，然后飞走。那靠背本不是用来停泊的，但鸟不知道，它把长椅当作排列有序的树枝。

长椅过于寂寥，秋还未深，就有两片树叶落下。一片，卡在长椅靠背的木条间。另一片，则落在座位的木板上。叶落之后，整个公园更加空旷。

公园里的长椅常常空着。

清晨，老人们在不远处打着慢太极，出手时左时右、忽西忽东，出其不意;傍晚,跳舞的人群在公园的小广场上和着音乐扭动四肢和腰身。

而这些,反而加深了长椅的孤独。冬天时,公园寥落到了极致。

积雪深厚,覆盖一冬,都不曾有人打扫过一次。

公园里的长椅,常常空着。

那些上蹿下跳的孩子哪里去了?那些热恋中急于找个地方说话的年轻人哪里去了?那些绕着公园跑步累了时想歇一歇的中年人哪里去了?那些坐在长椅上垂钓落日的老人哪里去了?

在我们的生活里,没有比坐在公园的长椅上更慢的事情了。

用手走路的人

我们的路,大多是用脚走过去的。

手腾出来,做着一些看起来更关键更要紧的事。比如拿东西,送东西。洗脸,扒饭。喝酒,抽烟。鼓掌,握手等。

手也有闲的时候。手闲下来时,就会有意无意地背在身后。手背在身后时,我们看到了一个人在现实中的真实势力。

有时候手也会插进口袋,或抱于胸前。那时,手多半做思考状,相当于人的另一个小脑。

脚就大不一样。脚几乎马不停蹄地奔走,很多时候全力配合手的工作。脚几乎没有思考和停顿的时间,却为手争取时间。脚的快,多半是为了手的慢。脚的匆忙,多半是为了手的悠闲。

但如果脚不能走路了,手就不得不成为生命的脚。

街道上,马路边,广场上,我看见过一些用手走路的人。

他们用手驱动轮椅走路,用手支撑操纵拐杖走路,甚至直接用双手撑着地面走路。我看到过他们用手走路时的艰难和坚韧。

用手走路，是一件很费劲的事。但他们的重心离地面更近，离道路更亲。

现在很少有人倒立了

那是二十多年前看到的景象：一帮年轻人在一块空地上比试，看谁倒立的时间更久。

有的刚立起来，腿还未伸直双脚即落了地；有的腰是伸直了，但坚持不了多久就支撑不住；有的则倒立自如，犹如正常站立，时间很长，甚至还要走上几步，故意炫耀着意念中能够摩天的双脚。

那是二十多年前看到的景象：只要有一面墙，那些活力无限的年轻人就会双手撑地，依墙而立。一次不行，就来第二次，两次不行就来第三次……

逐渐地，他们终于离开那面墙，在空地上独自倒立了，并且坚持着走上几步，看看谁，走得更远。

现在很少有人倒立了，让全身的血液，流回大脑，欣赏完全颠倒过来的生活景况。

现在，倒立似乎是一件很危险的事情。或者说，我们现在就根本没有那么多时间和力量，去练习倒立。

更多人认为：这个世界，正着都看不过来，为什么还要倒过来看呢？

长安月影

长安月

月,弯得可以作弯刀,让我佩在腰间,明晃晃地,进京去。

月,弯得可以作笏板,让我捧在手里,急匆匆地,上朝去。

我自持大唐后人,胸中有更大的版图。我的头顶盘坐皇帝,心中住着百姓。

盛世大唐,车水马龙。日月的两个巨轮,碾过我的睡梦,留下金碧辉煌的宫廷,留下身后满天繁星。

在歌舞升平的楼宇间,我佩服那个衣袂飘飘的诗人,他愤世嫉俗，激扬文字。他追求浪漫，超越现实。他藐视过庙堂之高的皇亲，悲悯着街巷深处的黎民。

今夜，我行走在高高的城墙之上，突然感到金与纸、歌与泪、血与火的历史，远比一层层青砖碧瓦更沉。

长安月斜过翰墨飘香的书院门，它的清辉已洒向石屑迸溅的碑林，照我一程又一程，将我日渐冷漠的内心，一步步逼近遥远历史的纵深。

站在大唐更远的风声里，我眺望马褂銮铃的城池：东边是水袖绣曼舞的歌吟，西边是枕戈待旦的铁阵。

恍惚间，长安古道，似有马蹄如风。快骑加鞭，惊起阵阵烟尘。有谁问：马上是娇嫩欲滴的荔枝，蹄下是悲壮如火的行程？

朵朵桃花掩映中，一台生旦净末丑悉数登场的社戏，正在上演岁月被冲刷、粉饰的繁荣。护城河边，喉咙嘶哑的小贩，操着秦腔，叫卖百看不厌的历史。

借着不知年月的三更弦月，我隐忍地听到遥远的钟楼，传来一阵曼妙的风铃，还有一击沉闷的鼓声。

王曲，一座村庄

阡陌纵横，他们在唱，八百里秦川在生长。

雨水和泪花中的大唐，一枝红杏出墙。未央宫的丝弦，在流淌。

他们在唱，独唱、伴唱、轮唱和集体的合唱。

他们弯腰锄禾，起身擦汗，把猎猎影子，张贴在铅灰色的天空上。

偶尔荷锄，以手加额，瞭望故乡。

不远处，骊山青青，山下就是歌舞升平的寝宫。长生大殿之上，端坐着欣赏歌舞的帝王。

春风里,他们是臣服于土地和上苍的子民。他们边劳动边歌唱,用跑调的秦腔,还没用完的力量。

长安以南,翻滚着麦浪。雨水,冲刷着桃红柳绿的村庄。

热爱秦腔的人们,在黄土里,在雨水中歌唱:

月光洒向屋顶,埋下许多梦想。

终南山积雪

终南山一带,积雪是高过一生的事情。

那雪,静静地,在终南山顶,在连接天空和大地的边缘,渗出些许淡淡的墨迹。

我是山中农夫,寒窗下,苦读十年的书生。

我的窗台下,堆满了发黄的诗书。我的山坡上,开满了碎心的野菊。

我日出而作、日落而息,因劳苦而太息,因缱绻而睡去。在田间或纸上,孜孜耕耘。

偶尔回首,瞥一眼,终年积雪的山顶。

在水墨或烟雾中,终南山离我,不近不远,永远苍翠。

终南山时高时低,那些积雪,像是我埋头生活、抬头干活的希冀和暗示。

我就这样淡淡地看着终南山的雪,一遍遍醒来,一次次睡去。

更多时候,苍茫的山系,就像大地早起时,刚刚描过的黛眉。

我要说:我爱终南山。我爱一年四季都远远地望着我的终南山:它郁郁葱葱、苍苍茫茫的山峦,隐忍我对生活的感激。

我要告诉你:我有低矮的木头书房,有纯粹成一锭墨的梦想。

我还有终南山。我的后半生,埋在它的云里。

李 白 醉 了

李白常醉。李白长醉不醒。

不愿醒来的李白,把自己泡在偌大的长安城里。泡在,长安浓如月色的酒香里。

李白喜欢月亮。他常常拿千里月光作纸,肆意研墨铺张,在天空和大地上,尽情开拓他的想象。

现在的人们,还沉浸在他营造的辽阔和豪放里。

李白醉倒在月光里,像是浩瀚的夜空,有时放弃了星辰。

东倒西歪的李白,平平仄仄的影子,也是一首风清月白的诗。他衣袂飘飘、放荡不羁的背影,就是中国的一首,千古绝句。

李白爱月,他常驾一叶轻舟,在水中,打捞意境。

李白一直想拿月亮下酒,或者把月亮,拥入怀中。

他把月亮看成了一位绝代美人,因此,一不小心,就掉进了明月与碧波的陷阱。

他的诗魂,也随滔滔江水,东流而去。

李白就是李白,诗仙就是诗仙。他常逆流而上,抑或乘风归去。

他的灵感与诗情,就像一阵浩荡的春风。

在李白的眼里,这个世界上没有别的东西:揭去红尘,露出白纸。

李白隔着炎凉世态,看破重重红尘,几乎写光了那个年代的,所有纸张。

月影中的曲江

曲江,是束在长安腰间的一条玉带。

月光,总是明晃晃地照耀,叫人无处藏身。

几朵很不明朗的云,像是宫女头上盘起的发髻。

大唐盛世,雁塔矗立,芙蓉妖娆,载歌载舞。

玄宗高坐宫殿之上,欣赏舞女的细腰和长袖舞。内心,时时涌起一阵莫名的冲动,就想斟上两盅。

长安有好菜,堪比黄土高原震天的秦腔。

长安有好酒,堪比午夜深宫嫔妃的笑容。

酒足饭饱之后,玄宗一直想把腰间的那条玉带,松一松。因为越来越大的肚子,憋得他差点吐出:一道,令天下人大惊失色的口谕。

曲江,在长安的外围,在月影中潺潺呻吟。水中还有,几尾金鱼和海市蜃楼的倒影。

而此时,诗仙李白就在曲江,乘一叶扁舟,顺流而下。

他邀月畅饮,已然半醉。

船头,端坐着一位犹抱琵琶的仙女。

空山不见人

空　　山

空到路上没有行人,空到林间没有鸟鸣。

空到月亮起身,石头落枕。

空到,一滴泪失重。晶莹响彻,心空和睡梦。

那山中的风,也是空着的。看不见的风,鼓舞着,弯曲的苍穹。

山太大了,就空。山太高了,也空。

我的手里,还有一把凿子。日积月累,最终把时间的内核掏空。

现在,山里那座寺庙也是空着的。寺里的那口古钟也是空着的。

那条通往云端的石阶，已有多年，无人问津。

芸芸众生祈福的愿望，也由此落空。

寒　窗

十年以上，才叫寒窗。

且有油灯或蜡烛照明。十年苦读，命运，压在一张纸上。

风在窗外，雨在窗外。风雨交加，还在窗外。

书生枯坐窗下，埋头、抬头。十年坐穿木凳，不出门。

国事家道全在书里，妻儿老小也在书里。

线装的书卷，发黄的纸上，还藏着，老鼠也梦想的黄金。

十年以上，才叫寒窗。

窗里，有头悬梁，有锥刺股。有三更灯火五更鸡，时断时续的咳嗽声。

窗外，枯叶舞了一地，雪花落了一层。

此生倘若有梦，是映在窗格上的剪影。

问十年有多慢，问心里有多难？

一支笔悬腕，力透纸背。齿咬唇，不作声。

柴　扉

吱吱呀呀，说明生活的沉重与复杂。

七扭八歪的山路，从高处，一直折到脚下。

溪边，石头顽皮，芳草萋迷。有人弯腰，提起一木桶月光和清风。

柴扉挡不住风雨。有很大点的雨，砸在屋脊上。

滑落唇边的，还有清泪。

细听，阶前花圃、屋后菜园，渐渐沥沥。

篱笆走漏风声，也走漏雨声。

就像缺了门牙的嘴，不经意，走漏许多，小道消息。

柴扉推开日子，于黎明，接进光线，放出羊群。

隔着它，还能看见，男主人劈柴、女主人生火的身影。

黄昏时分，炊烟很容易升起，袅袅。夜晚，月光泻地，院落分外干净。

柴扉挡不住晨昏，挡不住飞雪和早春。

挡不住那，朝外的犬吠、向天的鸡鸣。

半个月亮爬上来，篱笆在地上，看清发白的一生。

三更霜降。使柴扉，无形中又多出一层寂静。

幽　　径

细到不能再细，弯到不能再弯。

一根毛细血管，绕过五脏六腑，直奔丹田。

一根透明的吸管，吸走林间所有的鸟鸣和光线，只剩虫吟。

幽径，在高大的密林。绕过几棵树，再绕过，几块带墨的石头。

还想绕过一段，不可碰触的心事。绕过一个人，面壁打坐的话题。

最后曲里拐弯地，绕回过去。

过去，在林子尽头、幽径深处，而你要找的那人，似乎抬脚刚走。

不需要那么多人来凑热闹。幽径，只够一个人默许。

一个人，一声不响。任寂静挂满枝条，青苔长满石级。

其实，幽径上，也可无人。

方才还有人打这里经过，转眼又不知去了哪里。

当夜幕降临,星辉升起,我能辨得清,风中谁丢下的白纸。

江　雪

江上有雪。江上有舟。江上有人。

雪,是下了一宿的大雪。舟,是搁了一冬的孤舟。人,是坐了一天的老人。

此刻,水自流,舟自横。人枯坐,一动不动。

身后,大雪下的山河,极静。

雪落水上,雪落桨上,雪落在身上、头发上。

雪,还落在。落白了一个诗人的白日梦。

岁月无边,在这里得到,最好的印证。

唯有钓竿尽处,微微颤动,一枚,时间的秒针。

凭　栏

为什么凭栏?接近云端,多危险!

为什么独上高楼、月如钩,低迷的心情,独对高远?

人生如此妙不可言,正当你手无寸铁,却正好遇到栏杆。

凭栏。市井喧嚣、人情冷暖,被甩出老远。

风,就在眼前,云,就在胸间。

那团纷乱如麻的长发,从未如此飘逸。

杯中酒,指间烟,谁能放下白昼的红尘、夜晚的灯盏?

万里山河,有谁独自凭栏?

举手投足间,离天三尺三!

向　晚

向晚，必能看见人生的落日。看见天际，堆积如山的火烧云。

看见，篱笆紧扎的村落，一条比溪水还直的小路。

看见牧羊人和他的羊群，汹涌。烟树、尘埃，以及逆行的光影。

看见色泽渐重的泥土，浸淫民谣的风情。

晚菊闭上眼睛，折扇隐去花容。

一群群鸟儿像团团黑云，隐没于黑黢黢的山林。

大地如此安静。一缕夕光，收走谁对人世的最后一声叹息。

向晚。远处有灯火，近处有炊烟。

回眸之间，一架牛车，拉走地平线上的青山。

暗　香

暗暗地香。一切，都不在明处。

花在暗处开放。灯在暗处明亮。人在暗处歌唱。

我不能说出你的名字，姑娘。花朵还未绽放，花蕊还在自己的闺房。

一切还被装在心里，一切还被蒙在鼓里。

一切，还仅仅停留在，一张白纸上。

我知道你的香，知道你心血燃烧的春愁和芬芳。

我知道草香、花香、蜜香和木香，你睡眠时那淡淡的，发自灵魂深处
的体香。

我知道，狼和狐狸还未到来，蜜蜂和蝴蝶还未到来。

一切，还在阳光下的青草和月光下的水塘，暗暗滋长。

我复述过那种气味：闻一闻，就让人紧张！

烟火事，寂寞诗

烟火事，寂寞诗

关于诗，似乎千言万语，又无话可说。就像诗人，那么多，又似乎一个都没有。诗人在人山中，诗句在心海里。诗人，有时在车水马龙里停住脚步。诗情在他心，藏得够深。

走了很久，渴望看到雪峰。就像拨开红尘，看见白。雪峰离我们很远，但又能看见。夏天时，雪峰站得更高。雪峰的高洁好比诗歌的光亮，闪烁着，诱惑我们。仰望雪峰，就好像我们在仰望我们自己的守候，仰望近在咫尺的雕像。

人到中年，似乎已经走出很远。诗人们，或者不写诗的人们。身上多少还是揣着点诗意，歌也会哼那么几句。或用它来赶走寂寞，或用它来顶替玫瑰，或者用它引领风雪转场、牛羊活命。热气腾腾的现实里，总有那么几句嘹亮，那么几句高亢。

　　还有几句，坐在云端上。

　　更寂寞的人，从戈壁的石头或风雪里走出来。弄出些许花草，再弄出些许星辰，弄出个风吹草低的穹庐。把自己埋进呼呼啦啦的帐篷。把歌声和呼吸埋进风。夜晚降临时，他们，也就是诗人们，还睁着眼睛。已不知，脸颊全无泪痕。更多黑暗，早回到内心。

　　还是要出去走一走，抖抖身上的汗泥和灰尘。顺便捡一些牛粪和柴火回去。生火做饭，看越来越瘦的炊烟，在胸腔升起。看一片诗歌的村庄，正在落成。风的篱笆，已扎到溪流中。随便撒一把带汗的种子，心上，就能盛开一个，流泪的花季。

　　时光，已经近乎悲怆。就像有人几次出门，又回到家中。庭院里长满荒草，拔掉了，在屋里坐定。如果是春天，燕子麻雀们就可以搬回来，听主人细语，听檐水洞穿石阶和光阴。看那只野猫叫两声，翻过屋脊。看佝偻的人影，出出进进。

　　不过，很快又会出去的，像一个流浪的打工者，身上又背了很多东西，辗转反侧，陷进城市。还会去闯一闯，风一路，雨一路，湿滑一路。还会去远方，拥抱那个等待他的神。燃烧着，蹚过黄昏与黎明的地平线。送他的山河和老树,庄稼般朝后倒去。

诗歌的头顶,永远闪烁着北斗七星。只等它的主人,把夜空的璀璨谱写成更加高远的银河系,俯瞰人间大地。

万籁俱寂,那也是响彻天宇。

冬天,是一个走向内心的过程

我不相信的命运,在冬天降临。

那些荒凉,和寒冷。还有,大风中抖动不已的心。

谷物归入粮仓,硕鼠开始做梦。庭院和道路,已经被一场一场的北风,打扫干净。

落叶,已经归根。一桩桩树木,活像赤手空拳的光棍。

在大地的各个角落,火苗开始被星宿燃起。一簇簇殷红,多像万物焚烧的心。

人群开始扎堆,阴影相互走动。薄薄的阳光,开始冲洗一年的光景。

冬天了,茶要浓些,酒要烈些,话最好少些。

你看,那一场场大雪,比纸还白,是大地都舍不得抖落的沉默。

冬天,我们可以不唱歌了。北风那个吹,只够人微弱地喘息。

冬天,没膝的积雪不化。我们就用阳光撬开一条小路,弯弯曲曲的,通向比落雪的屋顶更虚静的内心。

咳　　嗽

我被自己的吃力吓了一跳。

冬天的风,在我的喉咙里缓缓刮过。像多年前的火车,穿过山洞,带出些许尘埃和血丝。

落英缤纷,陪衬我日渐扭曲的身影。一些枯树,正好在路边,把我搀扶。

可是,我并不打算远行。我的步履,只想说明我还能动。说明:在这个寒冷、单薄的季节,我依旧,是一个能够坚持的动词。

本来是要歌唱的,但我却剧烈咳嗽起来。意外的咳嗽,震得树枝上的落雪,簌簌扑地。

北风,也因为我的虚弱而愈发强劲起来。在冬天的大道上,我仿佛是一根,进京赶考的草。

冬天,谁的生命再一次受到了阻力?那些风雪,那些冷空气,像凛冽的刀子,要点验我们的脊椎。

它们似乎要看看:这个瘦得只剩骨头的诗人,还能不能站着朗诵,一首"千里冰封,万里雪飘"的诗。

一张比纸还薄的背影

一张比纸还薄的背影,是谁的。

告别之后,一片阴影就再难抹掉。

一张旧影,被我贴在墙上,忘在半路,照进水中,写在天上。

一张比纸还薄的背影啊,似乎,在挥动的时候,被风刮得脆响。

无法穿越的时空,不可遏制的命运。一张,越来越薄的背影里,书写着生命里最后的生动。

比纸还薄的背影,在风中多么孤独。

在大雪的映衬下,那张比纸还白的背影,多像我们身后的,一片哭声。

或是，看一眼就破的红尘。

描述一段铁轨

有谁能够描述一段颤抖的铁轨。

一段被吼叫的火车碾过的铁轨。

一段哐当哐当地喘着粗气，通体冒着热气和火星的铁轨。

它的身上，刚刚释去重负。它的内心，刚刚掠过风暴。

被钢铁占领，又被钢铁洗劫一空的铁轨。现在，静静地躺在最坚硬的大地上。

像一段，愤怒时暴起的青筋，爱恋时流动的蓝色血脉。

一段，飞过麦田时叫村庄失眠的铁轨。

一段，穿越树林时让草木战栗的铁轨。

一段，钻过山洞时带出尘埃的铁轨。

一段疼痛时，能够像蛇一样首尾相顾的铁轨。

一段又一段，一直能够这样颠簸下去的铁轨。

有谁能够，用一列火车的速度描述一段浑身战栗、通体透明的铁轨。

同样是梦境

夕阳绯红的时候，远天绯红，远山绯红，远人绯红，远梦绯红。

静立在风雨变幻的地平线，你感觉道路在脚下漂移。为能真正忘却痛苦，你痴心歌唱；为能真正牢记爱情，你假意说谎。

道路，已没有尽头。你的坚强又将自己欺骗，无数次欺骗走进夕阳。

水和恋人是同一种曲线，无情地带走许多柔情和时光。

你就喜欢一种习惯的姿势，喜欢一种笑而又泣的力量。于晚天如波的落霞里，互缝互补痛楚的感觉；于落日如浪的余晖里，互汲互通温暖的血液。

你相信不悲伤，尽管记忆之鸟盘旋，啼叫不归。尽管你受蚀受潮的胃里，发炎发霉。但期待的目光辐射的，依然不是无法挽回。

把一切价值还原成欲望，把一切欲望统统升华。

然后，静静沐浴在黄昏生长的波浪里，用溢出的泪水和歌声解渴，品味一种与夕阳融为一体的崇高情感。这时，一种双重的信号，一种从未领略过的喜悦，便在你的眸子里开始升腾。

同样的梦境，何必一定要问，现实与幻影。

同样的梦境，何必一定要说，相逢和别离。

一万年不久

前五千年寻，后五千年等。

一条烟雨风尘的路，贯穿我的一生。

拨开熙熙攘攘的人群，我找寻那颗依旧完好的心。在纵横交错的际遇里，完成破损。

独守寂寞广阔的时空，我遥望那颗没有陨落的星。在光华闪现的泪水里，谁的马车，依旧穿行。

我穿过无数晴天阴天，仍能听见你的心音；我走过多少大街小巷，却始终没看到你小屋的灯。

我追不上你行往晨光的身影，只有记住那一幅黄昏；我辨不清你走向天明的幽径，只好站在昨日的路口再等。

不要说，我是你的梦。不要说，你是我的人。

前五千年后、后五千年前的缘分，短暂的一生：

我是你的诗歌，你是我的命运！

故　　事

或许仅仅是一把纸伞，一个角落，或者一小块白昼。在雨或尘土同时落下的时候，你看见自己独处的微笑，对生活满含羞愧和自豪。忘却短暂的早晨和无限黄昏，欣喜地与自己相逢，同昨日握手言和，拥抱和哭泣。

或许仅仅是一只被掩埋了的鞋子，一方被眼睛宠坏了的手帕，让你抛尽前嫌，走得更远。让你的告别有个字条或收据，让你把清晨的留言写在咸咸的腮边。这样，你就不再感到孤独了，在鞋子里睡觉，做梦。用手帕，拂去她的前生后世。

或许仅仅是一小块黑夜，一大片白纸。你用它来遮挡刺目的光线，并且迅速转移黑暗。你用眼睛照明，用心灵探路。你在沉默中长大，用伤口说话。你想把目击的一切告诉别人，而你，却不想知道太多。

或许仅仅是一些生活中的情节，断断续续的，这就是有故事的人生。